LE
LIVRE D'AMOUR D'EST. DURAND

POUR MARIE  DE FOURCY

MARQUISE · D'EFFIAT

MÉDITATIONS

DE

E. D.

RÉIMPRIMÉES SUR L'UNIQUE EXEMPLAIRE CONNU

précédées de la Vie du Poëte, par GUILLAUME COLLETET

ET D'UNE NOTICE

PAR

FRÉDÉRIC LACHÈVRE

PARIS

LIBRAIRIE HENRI LECLERC

219, RUE SAINT-HONORÉ, 219

et 16, rue d'Alger.

—

1907

LE

LIVRE D'AMOUR D'EST. DURAND

POUR

MARIE DE FOURCY

MARQUISE D'EFFIAT

(1611)

LE
LIVRE
D'AMOUR
DU POËTE
EST. DURAND
POUR
MARIE DE FOURCY
MARQUISE D'EFFIAT
1611

Réimprimé
sur l'unique
exemplaire connu
PAR FRÉDÉRIC
LACHÈVRE

MEDITATIONS

DE

E . D.

Réimprimées sur l'unique exemplaire connu S.L.N.D. (vers 1611)

Précédées

de la Vie du Poëte par GUILLAUME COLLETET

et d'une notice par

Frédéric Lachèvre

Frontispice gravé à l'Eau Forte par H. Manesse

PARIS

Librairie HENRI LECLERC

219 Rue St Honoré

et 16 Rue d'Alger

1906

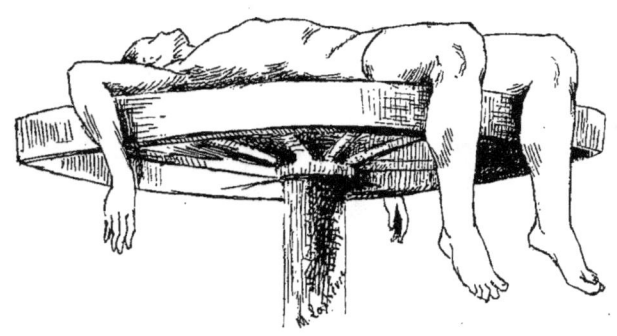

En terminant dans le Bulletin du Bibliophile (15 juillet 1905) l'exposé de nos premières recherches sur le malheureux poète Estienne Durand, roué le 19 juillet 1618, nous prenions l'engagement de réimprimer son livre d'amour pour sa noble cousine Marie de Fourcy, marquise d'Effiat, dont, curieuse coïncidence, notre grand Lamartine devait relever le titre « Méditations » deux siècles plus tard en ouvrant la période romantique.

Cet engagement, nous venons le tenir aujourd'hui, avec d'autant plus de raison qu'Estienne Durand est, lui aussi, un vrai poète, d'une belle imagination. Sa langue est souvent ferme et souple, nombre de ses vers bien faits avec des bonheurs d'expression étonnants pour l'époque ont une sincérité et une profondeur de sentiment qui laissent très loin derrière elles les pointes dont est farcie la littérature amoureuse des premières années du XVIIe siècle.

Château de Courménil (Orne), décembre 1906.

PRÉFACE

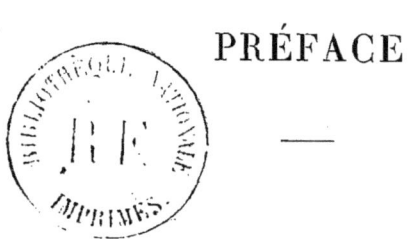

—

Les biographies sont à peu près muettes sur Estienne Durand, elles ont pourtant sauvé de l'oubli le nom de Claude Le Petit, étranglé et brûlé comme lui 44 ans plus tard. Seuls, au XIXᵉ siècle, MM. Bazin et Ed. Tricotel se sont occupés de ce malheureux écrivain : Le premier — le futur historien de Louis XIII — en a fait un des personnages d'un petit roman historique publié en 1830 : *La Cour de Marie de Médicis, mémoires d'un cadet de Gascogne (1615-1618)*, et le second lui a consacré un article dans le Bulletin du Bibliophile (octobre 1859, p. 656).

M. Ed. Tricotel, dans sa notice, parle succinctement des œuvres de Durand :

« Quant aux œuvres de Durand qui se composent d'un roman, d'un recueil de poésies et de vers de ballet, nous renvoyons le lecteur désireux de les connaître à la *Vie manuscrite du Poète*, par Guillaume Colletet, et aux *Recherches sur les Théâtres de France*, par Beauchamps, 1735, t. III. Il trouvera là tous les renseignements nécessaires ».

On voit que cet érudit si précis d'ordinaire n'en cite même pas les titres, sauf pour le pamphlet : *La Riparographie*, aussi concluons-nous qu'elles ne lui sont jamais passées par les mains. S'il en eût été autrement, il aurait redressé l'erreur dans laquelle est tombé le bon Guillaume sur la date de la naissance de Durand.

L'incendie de la Bibliothèque du Louvre, en anéantissant le manuscrit de Colletet, nous réduirait aujourd'hui à de simples conjectures sur l'importance et la valeur des productions d'Estienne Durand, mais par bonheur M. Ed. Tricotel avait eu la précaution de copier quelques notices de ce précieux recueil, entr'autres celle consacrée au « poète ordinaire de Marie de Médicis » et un double de cette dernière est conservé à la Bibliothèque Nationale (Nouv. acq. fr. N° 3074. p. 324 à 330).

Avec Colletet pour guide, il restait à retrouver les ouvrages en question, soit dans les grandes bibliothèques publiques, soit dans les collections particulières. Nos recherches dans ces deux directions ont été couronnées d'un succès inespéré.

Nous disons inespéré : en effet, le volume le plus intéressant, celui des poésies intimes, fut imprimé à très petit nombre, uniquement pour lui, son « Uranie » et quelques amis. Il n'a jamais été mis en vente. Estienne Durand en avait-il gardé quelques exemplaires ? C'est probable, mais ils ont dû être saisis et anéantis avec ses autres papiers au lendemain de son arrestation. En tout cas, les *Méditations* ne figurent pas dans les grandes ventes de livres du XVIII\u1d49 siècle, pas même dans le Catalogue La Vallière-

Nyon, le plus riche en poésie française, il faut arriver à celui de Méon pour en découvrir la trace, encore sont-elles mentionnées sans aucune explication :

Nᵒ 1682. Méditation (sic) *de E. D. Sans nom de ville ni d'imp. et S. D., in-8, veau.*

Quelles vicissitudes a subies l'exemplaire de Méon de 1803 à 1887 ? Nous l'ignorons. A cette date il est entré dans la riche bibliothèque de M. le baron Jérôme Pichon et cet éminent bibliophile interprétant mal les initiales E. D. les a prises pour celles de Gilles Durant de la Bergerie[1]. Acheté en 1898, à la seconde vente Jérôme Pichon, par le distingué libraire M. Rahir, il a été offert sous le nᵒ 45.008 dans le Bulletin mensuel de la librairie Morgan (1903) toujours sous le nom de Gilles Durant. Connaissant le véritable auteur, nous n'hésitions pas à l'acquérir.

Avant les *Méditations*, Estienne Durand avait publié, à Paris et à Rouen, un petit roman mélangé de prose et de vers que Guillaume Colletet a possédé : *Les Epines d'amour*. En existait-il encore un exemplaire ? Le catalogue La Vallière-Nyon répond à cette question ; il en indique, en effet, deux éditions, la première de 1604 et la seconde de 1608, elles sont à la Bibliothèque de l'Arsenal.

Nous ne parlons pas des ballets de Durand, la Bibliothèque Nationale a les principaux. Malheureusement *La Riparographie* est demeurée introuvable.

LA VIE D'ESTIENNE DURAND

GUILLAUME COLLETET

Guillaume Colletet a écrit la vie d'Estienne Durand comme il pouvait l'écrire, laissant volontairement dans l'ombre le côté le plus suggestif de la physionomie de son ami. Les réticences de l'auteur des *Vies des poètes français* n'ont plus de raison d'être et on sera fort étonné — comme nous l'avons été d'ailleurs le jour où nous avons découvert son véritable état-civil — des rapprochements inattendus auxquels se prête la destinée de l'obscur écrivain dont on se rappelait à peine le nom.

Avant d'exposer nos recherches personnelles, reproduisons la notice presque inédite de G. Colletet[2] :

« Etienne Durand naquit en la ville de Paris, l'an 1590[3] d'une famille de condition assez relevée et fort riche en biens. Il exerça une charge de Contrôleur provincial des guerres et comme il estoit homme de petite taille, mais de belle apparence, il avoit beaucoup de belles qualités intérieures. Il dansoit, chantoit et touchoit le luth à merveille. Son entretien était fort agréable et fort divertissant. Ses vers estoient esgallement ingénieux, doux et forts, sa prose étoit pleine d'esprit et fort pathétique ; mais, plût à Dieu qu'avec un esprit si propre à la Cour il eût joint un peu plus de conduite et de jugement, il ne seroit pas tombé dans le funeste précipice où nous l'avons vu perdre. Le désir de paroître encore plus qu'il n'estoit fit qu'il voulut s'intéresser ou se mettre trop avant dans les affaires d'Etat, où peut-estre il n'estoit pas seulement appelé et s'attachant aveuglément au service de la feue Reyne-Mère Marie de Médicis dont il avoit des gages en qualité de son poète ordinaire, il se mit à pratiquer la connoissance d'un nommé Siti, florentin, qui avoit esté Secrétaire de l'Archevesque de Tours, Galigaÿ, frère de la Maréchale d'Ancre, et ce fut par les inductions de cet étranger passionné qu'ils travaillèrent ensemble à la composition d'un libelle diffamatoire [4] contre la personne du Roy mesme et sur les affaires du temps : ce qui estant venu à la connoissance de Sa Majesté et de son Conseil, Durand et Siti atteints et convaincus du crime de lèse-majesté et par arrêt du Grand Conseil, furent condamnés d'estre rompus et brûlés avec leurs écrits en la place de Grève après avoir fait amende honorable devant l'Eglise Notre-Dame de Paris, ce qui fut exécuté le jour mesme, c'est-à-dire le jeudi 19e jour de Juillet 1618 et le jeune frère du mesme Siti pour avoir fait des copies de ce même libelle fut aussi pendu le même jour [5].

« Certes la France perdit en la personne de Durand l'une de ses lumières futures et l'un de ses plus grands ornemens. Je souhaiterois pour son honneur et son repos qu'il eût été plus sage et que l'affection qu'il avoit pour le service de sa Princesse n'eût point été si préjudiciable à son Prince légitime ou plustot que l'ambition de paroistre encore plus n'eust point été la principale cause de sa ruine et de son désastre, car je me souviens en ma jeunesse [6] que l'estant un jour allé visiter en son logis sur la grande réputation qu'il s'estoit acquise à la Cour de faire des vers aussy bien que pas un de son siècle, je le trouvay sur son disner à table où après les complimens ordinaires, il me dit que sa table n'estoit alors que celle d'un simple philosophe, mais qu'il espéroit que dans peu de temps elle seroit la table d'un grand Seigneur et qu'au lieu de trois plats dont on le servoit, il espéroit d'estre bientôt servy à trois services ; ce qui arriva trois ou quatre mois avant son malheur dont sans doute il jetoit dès lors les premiers fondemens par cet ouvrage si funeste que je n'ay jamais veu et que je n'ay jamais eu la curiosité de voir, estant comme je suis naturellement ennemy de la satyre et des libelles. Les seuls ouvrages que j'ay veus de luy et qu'il a publiés sont ceux qui s'ensuivent :

« *Les Espines d'Amour où sont traitées les infortunées amours de Philadon et Caulisée*, c'est une histoire tragique en prose et entremêlée de quelques vers, imprimée à Rouen l'an 1608, dont la lecture ne sera point insupportable à ceux qui considèrent que c'est une production de l'esprit d'un jeune homme qui, comme il le dit lui-même dans sa préface, n'avoit qu'à peine atteint le 18e avril de son âge et qui promettoit des fruits d'un juillet plus agréable. Mais hélas ! que contre sa pensée ce mot de juillet luy fut fatal, puisque comme j'ay dit ce mesme mois fut spectateur de sa fin tragique, spectacle qui vit flestrir et périr avec luy toutes ses ambitieuses espérances. Son livre *Méditations de E. D.*, imprimé à Paris, l'an 1611, in-8°, sans le nom de l'imprimeur ny la date de l'année de l'impression et qu'il me donna l'an 1618, c'est-à-dire sept ans ou environ après qu'il fut imprimé, est un petit mais beau recueil de ses poésies. Il est divisé en trois parties : la première contient plusieurs vers amoureux faits pour une belle qu'il aimoit et qu'il a célébrée sous le nom d'Uranie. Il y a des sonnets, des stances, des chansons, des odes et des élégies si passionnées et si pleines de nobles sentiments que son siècle n'a peut-être rien produit de plus fort ny de plus relevé. Voici un de ces sonnets que je ne donne pas icy pour un de ses meilleurs, mais pour un de ceux que m'a présentés la première ouverture de son livre :

Où te cacheras-tu, ma cruelle Uranie ?
Quand le Ciel courroucé la terre enflamera ?
Qui plaidera ta cause, et qui t'excusera
Des maux que tu m'as faict endurer en ma vie ?

Tu me voudras nier ta longue tyrannie,
Mais mon cœur plein de traicts alors t'accusera,
Et monstrant ton portrait le Ciel te blâmera
D'avoir contre toy mesme adressé ta furie.

Pour moy, sans tes beautez mon mal sera caché :
Leur force inévitable excuse le péché ;
Mais si le Tout-Puissant qui les âmes préside

A tout péché commis attache un châtiment,
Il faut que nous soyons punis également,
Moy comme un idolâtre, et toy comme homicide.

« On peut dire que hors cette rime licencieuse *furie* et *tyrannie* et le quatrième vers qui seroit, ce me semble, un peu plus fort et plus naturel de la sorte :

Du mal que ta rigueur me fait toute ma vie

« Et enfin cette locution barbare *les âmes préside* pour dire *préside aux âmes* on peut dire que ce sonnet a des hardiesses que la poésie ne condamnera pas. J'ajoute que pour mettre le quatrième vers dans toute sa justesse, il faudroit retrancher du premier hémistiche ce mot *un* ou du moins l'insérer encore dans l'autre, mais ce sont des grâces et des beautés qui ne sont guère connues que des poètes de l'Académie françoise ou de ceux qui ont le goût assez bon et assez délicat pour en estre.

« Voici un autre sonnet du même auteur qui me semble fort ingénieux et qui, malgré la mauvaise césure de son dixième vers, me semble très bien imaginé et a quelque chose de noble et d'esclatant : c'est sur une absence de sa maîtresse :

Un jour Borée ayant faict tresbucher
Mille vaisseaux dans la mer écumeuse,
Dedans l'obscur d'une forêt affreuse
Trouva l'Absence auprès d'un vieux rocher.

Il laisse à part son froid pour l'approcher,
Et la trouvant quelque peu dédaigneuse,
Il presse tant qu'il la rend amoureuse
Et dans son lit luy permet de coucher.

En cette nuit ils firent l'Oubliance
Qui depuis a toujours suivi l'Absence,
Et de Borée a gardé la froideur.

Hélas ! ma belle estant avec la mère,
Sçachant cela sa fille me fait peur,
Et crains encor la froideur de son père.

« Voicy encore la fin d'un de ces sonnets qui me semble fort belle ; il achève de parler au Sommeil :

Si l'artisan pénible en toy seul se délasse,
Si par toy la douleur d'un jour à l'autre passe,
Pourquoy suis-je tout seul sans toy dessous les Cieux ?
Pourquoy du bien commun n'ai-je point jouyssance ?
Ha ! Sommeil, je t'entends, tu monstre en ton silence
Que la mort, non pas toy, me doit fermer les yeux.

« Mais tous ces sonnets, si beaux soient-ils, ne sont rien au prix de ses stances et de ses élégies, témoin celles qu'il adresse à l'Amour et qui commencent de la sorte :

Que notre âme, ô bons Dieux, se destourne et s'oublie
Alors qu'elle se fait un Dieu d'une folie
Qui desplace les sens, et la tient en prison !
Si l'Amour est un Dieu, que n'est-il sans enfance ?
Ou s'il est un enfant, que n'est-il sans puissance ?
Ou s'il est si puissant, que n'est-ce par raison ?

« Et quelques vers après, voici l'effet d'une belle et nouvelle idée :

On dit qu'aux ans premiers de l'enfance du monde,
Le Loisir se couchant dessus le bord d'une onde
Prit à force Vénus qui cet Amour conceut,
Puis après que, voyant sa grossesse accomplie,

Vénus prit la Jeunesse avecques la Folie,
Qui, comme sage-femme, en ses bras le reçeut,
Aussi veut-il avoir les attraits de sa mère
Et veut que nous ayons l'oysiveté du père :
Autrement notre cœur repousseroit ses coups,
Mais bien que par ces deux sa puissance soit forte,
S'il ne trouvoit encor la Folie à la porte,
A peine pourroit-il jamais entrer chez nous.

« Et le reste où par un raisonnement profane il fait paroistre la force de son imagination. Ses élégies sont si enflammées qu'en les lisant il est bien malaisé de n'estre pas ému de ses ardentes passions ; les curieux qui les ont veues m'en peuvent aisément dédire.

« La seconde partie consiste en deux beaux poèmes, l'un imité de l'Arioste et intitulé *Joconde*, et l'autre de l'invention de l'autheur intitulé l'*Adventure de Sylvandre* desquels je ne dirai rien sinon que les vers en sont forts et polis et que les pensées n'en sont pas communes.

« Sa troisième partie est un meslange de vers sur toute sorte de sujets sérieux et ridicules ; il y a des vers de ballet dont la lecture est fort agréable et particulièrement ceux du *Ballet des femmes sans teste* dont la première entrée commence par ces termes bien tournés, quoique satyriques :

Ce monstre d'estrange posture
Faict en despit de la nature
A qui ces hommes font des vœux,
Nous faict paroistre en sa conqueste
Que si la femme estoit sans teste
Chacun en seroit amoureux.

« Ce qu'il poursuit d'un air trop enjoué aussi bien que son poème de *Joconde*, puisque ce beau sexe qui compose toute la douceur de nostre vie, qui sans luy seroit toute pleine d'amertume, mériteroit bien d'être traité plus favorablement des hommes. Ses stances *À l'Inconstance* sont à mon gré toutes merveilleuses, elles commencent ainsi :

Esprit des beaux esprits, vagabonde Inconstance,
Qu'Eole Roy des vens avec l'onde conceut,
Pour estre de ce monde une seconde essence,
Reçoy ces vers sacrez à ta seule puissance,
Aussy bien que mon âme autrefois te receut.

Déesse qui par tout et nulle part demeure,
Qui préside à nos jours, et nous porte au tombeau,
Qui fais que le desir d'un instant naisse et meure
Et qui fais que les Cieux se tournent à toute heure,
Encor qu'il ne soit rien ny si grand, ny si beau.

. . . .
. . . .

Doncques fille de l'air de cent plumes couverte,
Qui de serf que j'estois m'a mise en liberté

. . . .

« Quand Madame, sœur aînée de Louis XIII, fut sur le point de sortir de France, pour aller accomplir les alliances promises du roy d'Espagne et de cette Princesse, la Reine-Mère voulant accompagner les jours gras d'une réjouissance publique et donner quelque signe de contentement à cette princesse avant son départ, envoya quérir ceux de qui la réputation estoit la plus grande en matière d'invention de ballets et leur commanda de trouver quelque sujet digne de leur choix et de la grandeur des personnes qui les devoient exécuter. Et comme tous les plus habiles hommes de France eurent à l'envy travaillé pour un si noble dessein [7], après plusieurs comparaisons les uns et les autres, et ne sachant quasy s'arrester pour la beauté de tous, enfin la Reyne se résolut de prendre celuy que proposoit Estienne Durand comme le plus haut, le moins embrouillé et rapportant le plus à la qualité de Madame qu'il faisoit estre une Minerve, et tout le ballet un triomphe qu'elle faisoit d'avoir captivé le Prince d'Espagne auquel elle étoit promise par les accords passés entre les deux Roys. Mais comme toute l'invention de ce superbe ballet fut un noble effet de l'imagination de Durand, son esprit en fournit encore la plus grande partie des vers qui certes ne démentirent point la pompe de ce nouveau spectacle, ny la magnificence de cette grande princesse et l'on peut dire que ce ballet, soit dans ses machines, soit dans ses décorations différentes, soit dans ses vers et soit dans ses divers concerts de musique, soit dans la richesse de ses habits n'en a jamais eu de pareil au monde, et oste presque à l'advenir l'espérance de mieux faire. Il fut donné dans la grand'salle de Bourbon, le 19ᵉ jour de mars 1615 et imprimé à Paris en même temps et inséré presque tout entier dans le quatriesme tome du *Mercure françois* [8]. Après tant d'honneurs et d'acclamations que Durand reçeut alors à la Cour, il mourut enfin de la mort infâme que j'ay marquée dès le commencement de ce discours dans un âge capable de tout faire et de tout entreprendre.

« L'auteur du *Mercure françois* parlant de luy dans son cinquiesme tome l'appelle l'un des gentils poètes de son temps et esprit fort inventif à dresser des ballets [9], et celuy qui fit la description en prose de ce ballet magnifique eslève le mérite de Durand en plusieurs endroits de son livre. Elie Garel qui composa en prose françoise une excellente mythologie de ce fameux ballet [10], rend dans son livre un si grand témoignage de la beauté de l'esprit et du mérite de Durand que toutes les fois que j'y pense je ne saurois m'empescher de regretter sa perte et en mesme temps de lui reprocher ces paroles : *Proditio tua es*, etc., si connues dans les Ecritures saintes ».

Les nobles paroles qui terminent la notice de G. Colletet, consacrée à son confrère en Apollon, méritent d'être rapprochées d'un sonnet de Théophile *Sur la mort de Durand et des deux Siti frères* publié dans *Le Second livre des Délices de la poésie françoise*, de J. Baudoin (Paris, Toussainct du Bray, 1620, in-8, p. 333) :

C'est un supplice doux, et que le ciel avouë,
On oyra tousjours dire à la postérité
Que c'est le chastiment qu'un traistre a mérité
Et la fin misérable où luy-mesme se vouë.

Heureux qui vous chérit, bien-heureux qui vous louë,
Le sort doit travailler à sa prospérité ;
Mais ces lasches ingrats qui vous ont irrité
Doivent ainsi périr, et seicher sur la rouë.

J'ay veu ces criminels en leur suprême sort,
J'ay veu les fers, les feux, les bourreaux et la Mort,
Mon âme en les voyant bénist votre bon ange ;

Le Peuple à cet object a prié Dieu pour vous ;
Mesme les patiens ont trouvé bien estrange
D'avoir eu la faveur d'un traictement si doux.

Ce méprisable sonnet n'a pas été recueilli par Des Barreaux dans l'édition qu'il a donnée des Œuvres de son ami Théophile en 1621 et il est resté inédit jusqu'au jour où M. Ed. Tricotel l'a découvert. La malveillance de Théophile montre que Durand se tenait à l'écart du groupe des libertins et leur chef lui en a tenu rancune.

NOTICE SUR ESTIENNE DURAND

Le sort en nous destinant l'exemplaire unique des *Méditations* nous faisait contracter l'obligation de mettre en pleine lumière la figure d'Estienne Durand. Fallait-il se contenter des allégations vagues de G. Colletet sur la famille du poète ? A vrai dire on s'expliquait mal un faiseur de ballets « contrôleur provincial des guerres[11] ». Comment éclaircir ce mystère ? Il était peu probable que ce bourgeois parisien d'un nom aussi répandu possédât une généalogie. A tout hasard et sans succès, nous avons feuilleté avec soin les divers recueils du Cabinet des Titres de la Bibliothèque Nationale : Pièces originales, Dossiers bleus, Carrés de d'Hozier, Cabinet d'Hozier, Dossiers Chérin.

Devions-nous perdre l'espoir d'arriver à un résultat ?

Heureusement l'épître dédicatoire des *Espines d'Amour* adressée « à Mademoiselle de Fourcy l'aisnée », signée E. Durand, se terminait par une formule de politesse un peu insolite laissant pressentir un lien de parenté : « Votre plus humble *Cou.* et Serviteur ». Que signifiait ce *Cou.*, sinon « cousin » ? Estienne Durand était-il donc allié aux de Fourcy, et la généalogie de cette famille allait-elle nous fixer à ce sujet ?

Les grands dictionnaires de la noblesse enregistraient simplement l'existence d'une famille parisienne de Fourcy

de Chessy éteinte au commencement du XVIIIe siècle
et ils en citaient certains membres vivant au XVIIe siècle,
postérieurement à la mort de Durand. La piste était bonne
néanmoins, et le Ms. fr. 31.029 de la Bibl. Nat., confir-
mant nos prévisions, en apportait la preuve décisive : La
présence d'un Durand parmi les Fourcy.

« Jean Ier de Fourcy, orfèvre à Paris, escuyer, sieur
« de la Corbinière, commissaire ordinaire des guerres [12],
« avait épousé le 3 février 1556 Marie Le Comte, sœur
« de Raoul Le Comte, receveur général de Montpellier,
« dont il eut un fils et une fille ci-après. Marie Le Comte
« se remaria à Laurent Bellanger, seigneur de Pommeuse,
« duquel elle était veuve en 1587.

« La fille : Marguerite, femme de Vincent Durand.

« Le fils : Jean II de Fourcy, seigneur de Chessy en
« Brie et de Monscurain, secrétaire du Roy, reçu le... 15...
« trésorier de France à Paris, pourvu le 14 février 1588,
« surintendant des bâtimens l'an 1602, conseiller d'Etat
« le 20 novembre 1605, président de la Chambre des
« Comptes en 16..., mort en 1627, s'unit, le 10 mai 1587
« à Renée Moreau, qui lui donna trois enfants : Henri de
« Fourcy, seigneur de Chessy, de Trianon et d'Espinay,
« marié le 19 septembre 1621 avec Marie de La Grange-
« Trianon, et président de la Chambre des Comptes le
« 4 juillet 1631, etc ; Marie de Fourcy (Mademoiselle de
« Fourcy l'aisnée), morte le 17 janvier 1670, et femme
« depuis le 30 septembre 1610 d'Antoine Coiffier, dit
« Ruzé, marquis d'Effiat, depuis maréchal de France,
« chevalier des ordres du Roy ; Charlotte de Fourcy,

« femme de Charles Faye, seigneur d'Espesses, maître
« des requêtes, conseiller d'Etat, conducteur des ambassa-
« deurs et ambassadeur en Hollande ».

Le tableau généalogique auquel nous empruntons ces
citations mentionne sans postérité le mariage de Marguerite
de Fourcy. Son rédacteur n'a pas cru décent d'y inscrire
le supplicié de 1618 : Estienne Durand né en 1585 ; il a
supprimé de parti pris l'unique enfant de Marguerite !

On peut se demander comment les Fourcy, dans une
situation en vue à en juger par leur alliance avec les
d'Effiat, avaient accordé Marguerite à Vincent Durand.
Etait-ce une mésalliance ? Le mot serait gros d'autant que
la noblesse des Fourcy en 1610 datait à peine d'un demi-
siècle ! Leur fortune même était récente et la façon dont
son chef l'avait faite est racontée dans le *Thuana*[13] :
« Monsieur de Humières[14] estoit fort généreux et
« d'une fort ancienne et grande maison et riche. Il me fit,
« le jour que le Roy prit Paris, le conte de Monsieur de
« Fourcy, car ayant trouvé monsieur de Humières dans le
« jardin du bailliage, et ledit Fourcy avec luy, il me dit,
« connoissez-vous cet homme ; quand il vint à mon ser-
« vice, le plus malotru de mes valets de chien a un meil-
« leur manteau qu'il n'avoit. Il a de l'esprit. Le roy
« Henri III voyant la France perduë, m'abandonna la
« Picardie, avec pouvoir de lever tout ce qu'il pouvoit
« lever. J'en donnay la charge à Fourcy, où il a fait ses
« affaires, et si bien qu'il me parloit d'achetter une de mes

2

« terres six vingts mille francs. Il a gagné deux cens mille
« livres avecque moy, et moy je suis engagé pour deux
« cens mil escus. L'on ne sçait d'où est Monsieur de
« Fourcy, qui s'aquitte et a vendu le marquisat d'Ancre ».

En 1584, lors des fiançailles de sa fille, Marie de
Fourcy, veuve de Jean Ier, devenue Marie Bellanger,
n'avait pas encore — et pour cause — de grandes préten-
tions pour Marguerite ; il en eût été, il est vrai, tout
autrement quelques années plus tard.

Ouvrons ici une parenthèse afin d'en terminer avec les
ascendants d'Estienne Durand du côté paternel.

Connaissant maintenant son père, de nouvelles inves-
tigations s'imposaient dans la lignée innombrable des
Durand. Pour nous diriger à travers ce dédale, une seule
indication, nous l'avons dit, nous frappait, la qualité de
« contrôleur provincial des guerres » accolée au nom du
poète dans la *Description du Ballet de Madame, sœur
aisnée du Roy. Paris 1615*, et cette qualité, nous la
retrouvions chez le second époux de Marie Le Comte sa
grand'mère : Laurent Bellanger, seigneur de Pommeuse[15].
Il ne saurait être question d'une transmission de charge,
celui-ci étant mort au plus tard en 1587, deux ans après
la naissance d'Estienne Durand, laissant deux enfants :
François et Laurent. La coïncidence restait au moins sin-
gulière et c'était mieux qu'une coïncidence. En effet, il
existe aux Archives Nationales une décision de Henri IV
datée du 8 décembre 1602 ordonnant de payer à Estienne
Durand, conseiller, contrôleur ordinaire et provincial des
guerres au gouvernement de l'Ile de France, une somme de

350 livres pour ses gages au dit office du 1er juin 1595, jour qu'il paya son office, jusqu'au 31 décembre, somme qui avait été rayée par Estienne Regnault, trésorier général de l'extraordinaire des guerres. Cette décision du Roi fut entérinée par la Chambre des Comptes le 3 février 1603 [16], et parmi les pièces originales des Ms. 27522 et 27523 (fonds fr. de la Bibl. Nat.) se lisent plusieurs reçus de cet Estienne Durand, conseiller du Roy, qualifié de « contrôleur ordinaire et provincial des guerres », datés de 1579, 1586 [17] et 1603, le dernier ayant trait aux rentes à lui cédées par Marie Le Comte, veuve de Jean Ier de Fourcy [18]. Ce premier Estienne Durand avait donc été en relations de camaraderie d'abord et d'intérêts ensuite avec les Fourcy, et ces relations remontaient au temps où il fréquentait ses collègues Jean Ier de Fourcy et Laurent Bellanger. Nous pouvons déduire de là qu'il n'était autre que le père ou l'oncle de Vincent Durand, le mari de Marguerite de Fourcy. Les deux adolescents, Vincent et Marguerite, se sont certainement rencontrés dans sa maison et leur union s'est faite sous ses auspices, il a été le parrain de leur premier né, Estienne Durand le poète, auquel il a donné son prénom et à qui même il a dû réserver sa charge de « contrôleur provincial des guerres ».

L'état civil de notre Estienne Durand ainsi complété dans la mesure du possible, abordons l'histoire de sa vie retracée en grande partie par lui-même.

*
* *

Marie de Fourcy a rempli l'existence tout entière de son cousin et a eu sur sa destinée une influence décisive. Il a été son camarade d'enfance, il l'a aimée jeune fille, il l'a aimée mariée, c'est pour elle qu'il a conspiré. En 1604, Marie de Fourcy avait quinze à seize ans[19] et Durand, dix-neuf à peine, quand il lui fit hommage d'un petit roman mélangé de prose et de vers, *Les Espines d'amour*, précédé d'un sonnet contenant son anagramme :

Beauté qui du tombeau faites vivre mes yeux,
Qui domptez mes desirs, qui forcez ma constance
Voicy le jour fatal à mon obéyssance,
Voicy, voicy le jour si chéry de mes vœux.

Je dois d'un nouveau feu donner tresve à vos feux,
Arrester d'une espine une flamme rampante,
Vostre œil qui brûle tout sera l'âme vivante
Qui doit rendre à jamais mon travail bienheureux.

Caulisée hastez-vous allez rendre l'hommage,
Que doit vostre mérite à son divin visage,
Pour lequel je vous faits trémousser du trespas ;

Le fruit doucement beau de ses grâces jumelles,
Mury force desjà les âmes plus rebelles,
A plaindre vos douleurs, et chanter vos appas.

Marie, six années après, le 30 septembre 1610, mettait sa main dans celle d'Antoine Coiffier, dit Ruzé, marquis d'Effiat[20]. Pourquoi acceptait-elle le puissant seigneur au lieu du poète qui l'idolâtrait ? Pliait-elle à regret devant la pression des siens ou obéissait-elle volontairement à des calculs ambitieux ? Durand était le parent roturier alors que l'orgueil des Fourcy n'avait cessé de grandir depuis 1584, leur origine discutable s'effaçant dans les brumes du passé. Cette inégalité de position dans une société fermée constituait un obstacle infranchissable. Mais la justice immanente se manifeste quelquefois par des retours cruels et inattendus : Marie de Fourcy ignorait qu'en sacrifiant son cousin, elle le vouait à une mort terrible et qu'elle-même, à son tour, serait frappée de la peine du talion dans un de ses enfants, le sang de son sang, le jeune et beau Cinq-Mars !

Historien fidèle de sa passion, Estienne Durand a eu soin de recueillir les vers qui en relatent les diverses phases sous le titre : *Méditations de E. D.* Ce petit volume fut imprimé clandestinement en 1611 et l'auteur en offrit, en 1618, peu de mois avant sa mort, un des rares exemplaires à Guillaume Colletet, au moment où il se croyait à la veille de renverser le favori Luynes. Il est dédié à Uranie. Qui était cette Uranie ?

En estimant que ce pseudonyme cache le nom de Marie de Fourcy, nous ne croyons pas nous tromper et voici les raisons sur lesquelles nous nous appuyons : Si « Uranie » avait été soit une amante imaginaire, simple fiction poétique, soit une personne réelle de position modeste, Durand eût mis son livre en vente avec privilège du Roi. On sait qu'il a agi tout autrement. Les *Méditations* ne portent ni date, ni nom de libraire, les initiales E. D. figurent seulement au titre. De pareilles précautions démontrent jusqu'à l'évidence que l' « Uranie » de E. D. était femme de qualité occupant une haute situation, et c'est bien là le cas de sa belle cousine la marquise d'Effiat.

Si on regarde d'assez près l'ordre des pièces de la première partie : *Méditations*, celle qui répète le titre, on est surpris de leur enchaînement logique, un fil ténu les relie, mais ce fil ne casse jamais : sonnets, chansons, odes, élégies, etc., ont pour unique thème les souffrances et les espérances de l'amant en face d'une femme qui, sans le repousser, résiste à satisfaire son ultime désir.

L'épître dédicatoire est, à ce point de vue, d'une précision et d'une netteté absolues, la vertu de Marie de Fourcy y est affirmée de la façon la plus catégorique, pouvait-il en être autrement du moment qu'il s'agissait de la femme du marquis d'Effiat ?

« D. à son Uranie.

« S'il m'estoit permis, Belle inhumaine, de vous entretenir
« avec liberté des ennuis que j'ay soufferts en méditant, *si je*
« *pouvois estre autant avec vous, sans envie, que ce petit livre*
« *y peut estre sans soupçon*, si, dis-je, vostre indifférence
« donnoit autant de faveur à mes discours, que vostre loisir
« en pourra donner à mes vers ; je n'aurois pas permis
« à mes pensées de régner avec tant d'empire, et n'aurois
« pas tant employé de temps aux méditations pour perdre
« celuy de l'entretien : mais la rigueur de ma fortune, et
« vostre inclination contraire à mes desirs m'ont forcé d'es-
« crire ce que vous n'avez pas voulu entendre, et mon
« Amour a mieux aimé s'ayder de vers pour me plaindre,
« que de paroles pour vous fascher. Si vous les mesprisez, ils

« ne courront que ma mesme fortune, et la perte m'en sera
« petite après celle de ma liberté; et puis vostre plus grand
« plaisir résultant de ma douleur, j'auray du moins le
« contentement de donner nouvelle matière à vos mespris,
« vous faisant traverser l'ouvrier en son ouvrage, et verser sur
« les méditations des desdains pour le méditant : Je ne me
« fascheray non plus de les voir en elles que de les sentir
« en moy; les ayant si fort tournez en coustume, que si vostre
« courage se portoit à mon bien par la cognoissance de mon
« mal, il me donneroit sujet de crainte au lieu de repos; et
« ne pourrois en savourer la douceur que par miracle. Mais
« continuez, ma Belle, puis que mon mal-heur vous contente,
« inventez si vous pouvez d'autres moiens de m'affliger :
« ce ne seront que nouvelles preuves de ma constance, pour
« estre résolu de ne méditer, et ne vivre jamais que pour
« vous. »

Les trois sonnets suivants et des stances prises au
hasard donnent le ton des sentiments de Durand.

Le premier est le portrait de Marie de Fourcy :

Des cheveux ondelez dont Amour fait ses rets,
Un front de majesté, de douceur et de grâce,
Un sourcil dont ce Dieu fait un arc pour sa chasse,
Un œil comblant l'esprit de langoureux projets :

Un nez où la nature a posé mille attraits,
Une joüe où l'œillet dans la rose s'enlasse,
Une bouche de feu qui ne produit que glace,
Un sein pour qui l'amour fait aimer tous ses traits :

Un propos enchanteur qui fait languir les âmes,
Et mille autres beautez ont allumé mes flames,
Et fait changer mes ris en souspirs ennuyeux.

Mais admirant tousjours ses beautez admirées,
Je suis comme un dragon sur les mines dorées,
Qui n'en peut recevoir plaisir que par les yeux

Le second traduit ses impatiences et ses révoltes :

Si les nuicts sans sommeil, et les jours pleins d'esmoy,
Si les souspirs cachez, et les larmes secrettes
Sont les marques qu'Amour tient des âmes sujettes,
Il ne fut jamais rien d'amoureux comme moy.

Incrédule Beauté qui doute de ma foy
Après en avoir eu des preuves si parfaites :
Les yeux estans d'amour les plus seurs interprètes,
Voy-tu pas dans les miens l'amour que j'ay pour toy?

Un fascheux poinct d'honneur coulpable de ma peine,
Qui me fait misérable, et te rend inhumaine,
Ne te permet de voir mes douleurs qu'à demy.

Au moins si par conseil tu veux m'estre contraire,
Ne prends point cet honneur, il est mon adversaire,
Tu n'en sçaurois avoir qu'un conseil ennemy.

Le troisième devient tout à fait indiscret :

Je voudrois bien estre vent quelquefois
Pour me joüer aux cheveux d'Uranie,
Puis estre poudre aussi tost je voudrois
Quand elle tombe en sa gorge polie.

Soudain encor je me souhaitterois
Pouvoir changer en cette toile unie
Qui va couvrant ce beau corps que je dois
Nommer ma mort aussi tost que ma vie.

Ces changemens plairoient à mon desir,
Mais pour avoir encor plus de plaisir
Je voudrois bien puce estre devenue,

Je baiserois ce corps que j'ayme tant,
Et la forest à mes yeux incognue
Me serviroit de retraite à l'instant.

Les stances témoignent d'une passion violente :

COMPLAINCTE

Quoy? faut-il qu'à jamais en mes os se nourrissent
Des braziers incogneus qui mes ans accourcissent
Sous le poids des sanglots qui me vont suffoquant?
Faut-il que ma raison de mon âme bannie
D'un forcené desir suive la tyrannie?
Hélas au moins, Amour, dis-moy jusques à quant

Je ne suis plus celuy dont l'humeur vagabonde
Ne cherchoit que des ris pour plaire à tout le monde;
La Mort est le démon que je vais invoquant,
Mes chansons de plaisir sont des plaintes funèbres,
Et les beaux jours d'autruy pour moy sont des ténèbres
Hélas au moins, Amour, dis-moy jusques à quant.

Dès le jour que le Ciel m'a faict estre capable
De former un desir tousjours impitoyable,
De mille et mille traicts tu m'as esté piquant :
Tu n'as jamais laissé mon cœur vuide de flame,
Et je t'ay tousjours faict le maistre de mon âme,
Hélas au moins, Amour, dis-moy jusques à quant.

Plus je vais en avant, plus mon mal est extrême,
Si j'aimay cy devant, j'estois aimé de mesme :
Mais ores un bel œil se va de moy mocquant,
Il me fuit desdaigneux autant que je l'adore
Sans vouloir advoüer le feu qui me dévore,
Hélas au moins, Amour, dis-moy jusques à quant.

Que te sert d'enfoncer en mon cœur tant de bresches,
Si la chère beauté qui te fournit de flesches
Mesprise ainsi les coups qu'elle va provoquant,
Ou blesse luy le cœur, ou guaris ma blessure,
Ou bien si sans remède il convient que j'endure,
Hélas au moins, Amour, dis-moy jusques à quant.

Dis-moy jusques à quant, Amour je te supplie,
Je languiray captif sous le joug qui me lie,
Et si tu n'iras point ton arrest révoquant,
La rigueur de mon mal m'afflige en telle sorte,
Que je ne puis plus vivre en l'ardeur que je porte
Si tu ne me veux dire au moins jusques à quant.

Toutes les objurgations à l'adresse de sa bien-aimée
se résument dans un *Discours* où il se plaît d'abord à
rappeler leur première rencontre, leurs premières caresses
innocentes encore, et l'explosion de son amour qui ne fut
pas dédaigné :

. . . .

Comment eussé-je creu quand j'euz l'heur de cognoistre
Ta beauté, qu'en un bal Amour me fit paroistre,
Que par un tel abbord ma débile raison
Deust se mener captive elle-mesme en prison ?
Comment eussé-je creu qu'une longue hantise
Peust insensiblement desrober la franchise,
Et que je peusse un jour me treuver arresté
D'un lien qui d'abbord n'estoit que liberté ?
Il me souvient encor des heures escoulées,
Nous pourmenant au frais des plus sombres allées,
Sans pouvoir recognoistre en ce doux entretien,
Que mon cœur me voulut quitter pour estre tien :
Il me souvient encor de ces coups ordinaires,
Que tant et tant de fois tes mains mes adversaires,
Ont frappé dessus moy, et de ses petits jeux,
Où bien souvent le sort favorisant mes vœux,
Me faisoit obtenir des baisers de ta bouche,
Qu'il falloit arracher de ton humeur farouche :
Je sentois bien de l'ayse en si libre action :
Mais estant sans desir j'estois sans passion,

Et demeurois content de voir mes destinées
Me faire avec tant d'heur escouler mes journées,
Sans recevoir présent un extrême plaisir,
Ny sans avoir absent un extrême desir.
Mais depuis que l'Amour m'a faict voir sa puissance,
Depuis qu'il s'est lassé de mon indifférence :
Il m'a faict voir en toy tant de causes d'amour,
Que je croy que mes yeux ne voyoient pas le jour

. . . .

Toutesfois, ô regret ! quand je vay recherchant
Ces délices perdues, quand je vay m'approchant
Des ombres esloignez, des libertez passées,
Lors que maistre absolu de mes libres pensées,
Tout seul je disposois de ma vie et de moy,
Sans avoir que mes yeux et mes desseins pour loy,
Je cognois que j'ay faict un dangereux eschange.

. . . .

Cette première ardeur, ce n'estoit que fumée
Au prix de celle-là, qui me brusle et me pert,
Et qu'enfin malgré moy ma bouche a descouvert.
Je me voy ce me semble, encor pasle et timide,
Commencer le discours de ma flame homicide :
Je me voy ce me semble, encores tout tremblant
Te descouvrir l'ennuy qui m'alloit bourrellant,
Et pense voir encor ton bel œil plein de flame
Asseurer d'un sous-ris la crainte de mon âme :
Je l'apperceus, ma Belle, et je m'en souviens bien,
Que tu pris à plaisir de me voir estre tien,
Que mon amour te pleust, et qu'oyant mon servage
Plus gay qu'auparavant, tu fis voir ton visage :
Mais j'ay bien recogneu par mon mal éternel
Que tu ne me receus que par bon naturel,
Qui ne pouvoit permettre à ta beauté parfaitte
De rejetter du tout ma liberté subjette,

Soit par compassion de me voir plein d'esmoy,
Soit par un beau desir d'attirer tout à toy.

. . . .

Bouche, mon seul desir, seul objet de mes vœux,
Bouche pour qui j'estime et respecte mes feux,
Tu me tins ces propos pleins de douceur extrême,
Je ne te sçaurois pas nier que je ne t'aime,
Ton mérite, ta flame, et ta discrétion
M'obligent de te voir avec affection,
Voire à chérir si fort le bien de ta présence,
Que ne te voyant point, j'ay de l'impatience.
Qui n'eust été charmé de ces charmans appas,
Qui n'eust point creu pécher de ne se donner pas
A celle qui sembloit avec ces mots, Je t'aime,
En recevant mon cœur se donner elle-mesme ?

Durand se croit victime de ses illusions et il s'en
plaint amèrement :

. . . .

Mais las ! à mes despens j'ay depuis apperceu
« Que tant plus on se fie, et plus on est déceu,
Que la bouche souvent parle autrement que l'âme,
Et qu'aimer, c'est hayr en langage de femme.
Cruelle, à mon malheur, tu m'as bien faict sçavoir
« Que les plus grands périls sont ceux qu'on ne peut voir,
« Que les rochers cachez et les ondes dormantes
« Perdent plus de vaisseaux que les mesmes tourmentes :
« Bref que l'on ne sçauroit estre grand ennemy
« Si l'on ne sçait aussi bien feindre d'estre amy.
Qu'as-tu faict autre chose, inhumaine Uranie,
Sinon sous de beaux mots cacher ta tyrannie,
D'un visage d'amour me couvrir un rocher,
Pour m'y faire périr aussi tost qu'approcher ;
Et me disant, Je t'aime, asseurer d'estre amie
Pour m'estre par après plus cruelle ennemie ?

Il s'indigne contre cet « honneur » que Marie de Fourcy met en avant pour lui résister :

> Est-ce aimer quand tu dis qu'en aimant tu ne peux
> Promettre ny donner les faveurs que je veux ?
> Que ton honneur l'empesche, et l'humeur insolente
> Des hommes, qui n'a rien d'acquis qu'elle ne vante ?
> Cruelle invention d'une ingratte beauté,
> Qui veut d'un poinct d'honneur masquer la cruauté :
> L'honneur est au secret, l'honneur est au silence,
> Et qui sçait bien celer ne commet point d'offense :
> Et puis ne sçais-tu pas qu'autrefois les Romains
> Sauvant un citoyen, et l'arrachant des mains
> Des barbares vainqueurs, recevoient plus de gloire
> Que d'avoir d'un combat emporté la victoire :
> Accordant des faveurs à mon cœur esclavé,
> Ce n'est pas seulement un citoyen sauvé,
> C'est un cœur desjà tien, c'est une âme asservie,
> Qui n'aimant rien que toy te demande la vie.

. . . .

Et, partagé entre le dépit et l'amour, il est obligé de subir la victoire de l'amour :

. . . .

> Hélas ! je ne sçaurois, Amour a tellement
> En la personne aimée essentié l'Amant,
> Que je ne puis jamais oublier ce que j'aime,
> Que je n'oublie encor et mon cœur, et moy-mesme,
> Et ne puis recevoir de résolution
> Qu'à l'advantage seul de mon affection.
> Demeure donc, Amour, éternel en mon âme,
> Fais-moy tousjours aimer les beautez de Ma dame,
> Et puis que la poursuitte et la retraicte aussi
> Me sont également des causes de soucy,

Fais-moy suivre celuy de ces sujets contraires.
Qui peut plus alléger mes douleurs ordinaires :
Car si c'est un malheur d'estre absent de son mieux,
C'est encor un malheur de voir tousjours des yeux
Résolus aux desdains, et remplis de tempestes :
Mais toutesfois, Amour, à ce poinct je m'arreste,
Qu'il vaut mieux les voyant endurer le trespas,
Que vivre malheureux en ne les voyant pas.

Un *Vœu à l'Amour* est la dernière pièce des *Médi-tations* proprement dites. Par ce *Vœu* Durand promet à Marie de Fourcy de mourir plutôt que de succomber aux attraits d'une autre femme :

Si tu fais tant, Amour,
Que de changer un jour
Les mespris de Ma dame,
J'offre à ta Déité
Tout ce que mon destin peut encore en mon âme
Garder de liberté.

Si mes vers et mes pleurs
Tesmoin de mes douleurs
Peuvent rien dessur elle,
Je veux estre engagé
De vivre pour jamais en la flamme cruelle
Qu'elle aura soulagé.

Si tu fais que son cœur
Bannissant la rigueur
A mes feux soit sensible,
Et que par la grandeur
De tes flames qui font l'impossible possible,
S'eschauffe sa froideur.

Je fais vœu de mourir
Plustost que de souffrir
Qu'autre beauté m'attire,
Et promets d'estimer
Moins la douleur qu'on souffre en un égal martyre
Que l'honneur de l'aimer.

Si nos deux cœurs contans
A l'envy contestans
Du nombre des délices,
Vivans en mesme loy
Peuvent jamais offrir de mesmes sacrifices
Sur l'autel de la foy.

Son œil, mes vers, et moy
Ferons craindre la loy
De tes feux redoutables,
Luy pour les allumer,
Eux pour en publier les effects véritables,
Et moy pour les aimer.

Le poète conservait cependant l'espoir de vaincre les scrupules de la jeune marquise d'Effiat et, pour argument suprême, il lui adresse le conte de *Joconde*[21] imité de l'Arioste, avec ce petit préambule dans lequel il ne dissimule pas le but qu'il se propose :

E. D. A SON URANIE

Je ne te feray point d'excuse
De ce que ma plume s'amuse
A blasmer les femmes icy,
Ingrate et cruelle Maistresse,
Car tu me comble de tristesse
Pour n'en vouloir pas faire ainsi.

Je voudrois bien en mon servage
Que pour moy devenant volage,
Le change tu peusse advoüer,
Le voyant maistre de ton âme,
Avant que Joconde le blasme
Je me plairois à le louer.

Car par la vertu de ce vice
Je surmonterois la malice
De mes feux et de mon tourment,
Et publi'rois sans repentance
Que je n'avois de la constance
Que pour avoir ton changement.

A mon regret, ma toute belle,
Tu ne te rends que trop fidelle
A ton mary gardant la foy,
Je ne voudrois rien en ce monde
Sinon qu'au discours de Joconde
Il fust un peu parlé de toy.

Quitte donc ceste foy promise,
Ce n'est qu'une foy de devise
Qui s'interprète comme on veut :
Et puis le plaisir de ton change
N'amoindrira point ta louange,
Car pour un mary l'on le peut.

Les déboires de *Joconde* auraient-ils convaincu la
marquise d'Effiat de la fragilité de son sexe et de l'inuti-
lité de sa résistance ? *L'Adventure de Sylvandre* nous
ferait assister, sous le voile de l'allégorie, à sa chute.
Nous sommes incité à cette interprétation par la banalité
même de *l'Adventure* et par la place qu'elle occupe : elle
suit *Joconde* et précède immédiatement la partie inti-

tulée *Mélange* ; elle a tout l'air de l'épilogue des *Médita-tions !* Uranie est devenue Cléandre, mais ce changement de nom s'imposait si Uranie était bien Marie de Fourcy :

Appren-moy, grand vainqueur des hommes et des Dieux,
Qui ravis les esprits par les charmes des yeux :
Appren-moy de quel traict le bien-heureux Sylvandre,
A peu blesser le cœur de sa belle Cléandre.
. . . .

Lors que cette Cléandre à l'esprit indompté,
Qui les efforts d'amour avoit tant surmonté,
En une occasion de publique assemblée,
Pour Sylvandre sentit sa liberté volée,
Dès le premier abbord, esmeue elle sentit
Un esclair, qui des yeux de Sylvandre sortit
En un traict transformé, qui sans faire ouverture,
Par les yeux à son cœur fit sentir sa poincture.
Sylvandre au mesme instant ressentit bien aussi
Je ne sçay quelle ardeur, je ne sçay quel soucy,
Qui le faisoit languir auprès de cette belle,
Sans cognoistre pourtant que la cause en vint d'elle,
Tous deux esgalement languissent transportez,
L'une esprise d'amour, l'autre espris de beautez :
L'une craint de parler, l'autre aime le silence :
L'une cache son mal, l'autre la violence
Du feu que ses yeux ont en son cœur allumé :
En un rien l'un des deux en l'autre est transformé,
Ou plustost ne sont qu'un . . . .
. . . . ,

L'assemblée trop grande est cause que leur feu
N'osant se descouvrir dans leur cœur se reserre,
Livrant à leurs raisons une plus forte guerre.
Cléandre retenuë en cette nouveauté,
Admirable en prudence autant qu'en sa beauté,
Cache dedans son sein les secrets de son âme,
Et faict voir des glaçons en sentant de la flame :

3

Mais Sylvandre au contraire ardemment enflamé,
Cherche à souspirer seul son brazier allumé :
Et combien qu'il s'efforce, il ne peut si bien faindre
Qu'on n'entende son cœur par sa bouche se plaindre.
L'assemblée finit, et d'un instant tous ceux
Qui s'estoient là treuvez, s'en retournent chez eux,
Fors ces nouveaux Amans, qui par miracle estrange
Avoient faict par leurs yeux de leurs cœurs un eschange,
Qui s'estans mis à part ensemble à deviser
Sentoient à chaque mot leur cœur se diviser,
Leurs yeux mal asseurez, leur incertain langage,
Leur estoient des tesmoins de leur futur servage,
Et leur ardent desir les faict si fort troubler,
Que pas un en souffrant n'ose se déceller
Enfin la nuict vènant son ombre les sépare

. . . .

Elle voyant Sylvandre aussi tost fut esmeuë,
Il coule dans ses os une grâce incogneuë,
Qui s'approchant du cœur près de luy se logea.
Et les lys de son teint en des roses changea.
Lors Sylvandre appellant sa raison toute esmeuë,
Et l'amour luy rendant sa parole perduë,
Hardiment luy descouvre et ses maux et ses feux

. . . .

D'un honteux vermillon Cléandre en ces discours
Fit rougir son visage où voloient mille Amours,
La rose dans le lys soudain prend la naissance,
Son poux devient esmeu, son cœur sent la puissance
De la voix de Sylvandre, et ressent dedans soy
Je ne sçay quels transports de plaisir et d'esmoy.

. . . .

Sylvandre, luy dit-elle, il faut que je te die
Que d'un mesme lien mon âme est asservie,
Que nos jours sont filez par un mesme fuzeau,
Et nos cœurs allumez par un mesme flambeau :
Je t'aime, et ne sens plus que ta peine adversaire,
Car la mienne se perd au desir de te plaire,

Mais si tu m'aime, aussi fais que ta passion
Ne cause point mon mal par indiscrétion.
. . . .
Vis certain de ma foy, et t'asseure qu'un jour
Un autre heur te rendra certain de mon amour.
Cette promesse après d'un baiser fut suivie,
Baiser qui fut sa mort, baiser qui fut sa vie :
Car son âme perdue au milieu du plaisir
Vivoit par jouyssance, et mouroit par desir.
Elle part, et Sylvandre en sa nouvelle braise,
Ne sçait s'il veille aux maux, ou s'il dort en son aise,
Et tout ravy de joye au songer de son bien
Il bénit mille fois l'Amour qui l'a faict sien.
Autant qu'il revient voir ceste nouvelle acquise,
Autant il se confirme en la faveur promise
De cent mille baisers tous les jours emportez.
De mille attouchemens, de mille privautez,
De mil languissemens, et de mille caresses
Amour va soulageant ses feux et ses tristesses.
Mais Cléandre voulant esprouver son Amant
Luy refusoit tousjours l'entier contentement,
Croyant qu'une faveur de léger accordée
Se mesprisoit soudain qu'elle estoit possédée.
. . . .
Sylvandre quelque temps languit en ses remises,
Forme mille desseins, et fait mille entreprises
Pour attirer sa belle au bonheur attendu,
Mais ce qu'il fait en fin n'est rien que temps perdu.
Quoy, dit-il, mon soucy, parlant à sa Cléandre
J'auroy donc tant de feux pour n'avoir qu'une cendre.
. . . .
Lors Cléandre chassant d'un instant toute crainte,
D'une nouvelle ardeur ayant son âme attainte,
Se jette entre ses bras avec des yeux mourans,
Et de mille baisers mille Amours souspirans
Asseura sans parler Sylvandre en telle sorte
Qu'il creut la résistance en son sein estre morte :

Tout soudain il l'embrasse, et prend en cet instant
La dernière faveur qu'il alloit souhaittant.
Amour, tyran des cœurs, autheur de leurs délices,
Toy seul tu peux conter leurs aimables supplices,
Toy seul tu peux sçavoir leurs doux languissemens,
Leurs transports, leurs desirs et leurs ravissemens :
Aucun autre que toy n'en eut la cognoissance,
Pour avoir consacré leurs plaisirs au silence :
Aussi trop curieux ne les veux-je sçavoir,
Mais plustost qu'y penser je les voudrois avoir.

Si réellement la marquise d'Effiat a succombé, est-elle l'auteur de la pièce suivante du *Meslange*, aveu cynique d'un amour adultère ? Cette poésie contraste avec le ton général des *Méditations* et nous n'osons la lui attribuer sans preuves certaines. N'appartiendrait-elle pas plutôt à Durand ? N'aurait-il pas fait parler Marie de Fourcy comme il eût désiré qu'elle parlât ?

STANCES D'UNE DAME

Tu m'escris, mon Tyrsis, que le sort et l'envie
Descouvrant nos amours conspirent sur ma vie,
Et que mon fier Argus médite mon tombeau :
Si nos feux recogneus m'empeschent de te suyvre,
Ils feront mon bon-heur en m'empeschant de vivre,
Ma vie et mon amour n'ont qu'un mesme fuzeau.

La fortune et les loix ont faict mon Hyménée :
Mais à toy la nature et l'amour m'ont donnée,
Celles-cy par le choix, celles-là par le sort :
Mais les unes voulant régner par tyrannie,
Les autres par pitié mettront fin à ma vie,
Finissant leur querelle en l'instant de ma mort.

Alors que de l'amour j'ay choisi les délices,
Pour adoucir l'aigreur des injustes suplices,
Dont ce cruel Tyran nourrissoit mes mal-heurs :
Je me suis bien promis ce desplaisir extresme,
Et résolvant d'aimer, j'ay creu que l'amour mesme
Pour le moindre plaisir donnoit mille douleurs.

Aussi n'ay-je point peur de la fière menace
Du Tyran de mes jours, et ne veux point de grâce
D'un qu'il me déplairoit de ne point offenser,
Et pour toy, mon Tyrsis, je veux encor qu'il croye,
Que plus j'auray de mal et plus j'auray de joye,
Mon amour par les coups ne pouvant se blesser.

Ce qui peut de mes yeux arracher quelques larmes,
Entre tant de périls, et si grandes alarmes,
N'est que le seul penser de nostre changement :
Non, non, je ne crains point de mourir pour ma flame
Mais bien de voir vivante entrer dedans ton âme
Le mespris de nos feux en nostre esloignement.

Encor que ce cruel ne m'oste point la vie,
Je seray, ce dis-tu, tellement asservie,
Que tu n'auras jamais le moyen de me voir,
Ne rends point pour cela mes amours délaissées,
Nous défendant les yeux, aimons-nous des pensées,
Sur elles les tyrans n'ont jamais de pouvoir.

Ayme-moy, je seray tousjours assez contente
Au milieu des prisons, quoy que l'on me tourmente,
Je seray tousjours libre, et riray de mon sort :
Ton amour seulement ma Parque veut poursuyvre,
Si tes feux sont vivans, je veux encores vivre,
Mais s'ils sont estouffez, je veux chercher la mort.

Ha Tyrsis, je voy bien sous ta discrette fainte,
Que de tes yeux premiers la chaleur est esteinte,
Pouvant par un adieu mes maux précipiter :

Mais ta discrétion de ma perte est suyvie,
Car si pour me quitter tu veux sauver ma vie,
Je la veux perdre aussi plustost que te quitter.

J'offriray sans trembler à mon fier homicide
Le sein où tant de fois ta lèvre douce, humide,
A succé dans mes bras les délices d'amour,
Et la dernière voix qu'on oyra de ma bouche,
Ce sera mon Tyrsis, encor que ce farouche,
En haine de Tyrsis me ravisse le jour.

Si par cet accident ma jeunesse est bornée,
Vis heureux au bonheur d'une autre destinée,
Et si pour un autre œil tu rengage ta foy,
Dis-luy que tu t'es veu tant aimé d'une Dame,
Que courant au malheur aux esclairs de sa flame,
Elle est morte plustost que de vivre sans toy.

Durand a répondu à cette ardente déclaration par un
sonnet dont l'intention est meilleure que la forme :

Heureux cent fois l'instant, heureuse la journée,
Heureux l'astre bénin qui vit naistre mon mieux,
Heureuse ceste main qui par l'arrest des Dieux
Sur le fuzeau fatal fila ma destinée.

Autant aimé qu'aimant ma peine est terminée,
Mon délice renaist au feu de deux beaux yeux,
Et Jupiter me doit envier dans les Cieux
La faveur que l'Amour en terre m'a donnée.

Non, je n'aime rien tant que mon heureux servage,
Pouvant lier ma belle en un mesme cordage,
Et mon desir estant par elle souspiré.

Nourrissons donc, mon cœur, ces flames commencées,
Puis que par les destins nos vœux et nos pensées
Sont establies ès-loix de l'amour désiré.

Les allusions des *Méditations*, malgré le langage
d'amant éconduit tenu par l'auteur dans l'épître dédicatoire, étaient, on l'avouera, par trop transparentes pour
permettre à cet ouvrage de circuler librement. Le marquis
d'Effiat aurait pu s'en offenser avec juste raison. Et
cependant Estienne Durand ne sortait pas de son rôle en
inscrivant le nom de Marie de Fourcy en tête de son livre.
Cet hommage, elle le méritait. C'est elle qui avait décidé
de sa vocation poétique. Pour elle, pour rester dans son
ombre, il négligeait sa fonction de contrôleur ordinaire
des guerres et devenait le poète de Marie de Médicis, un
des fournisseurs attitrés des ballets dansés à la Cour de
1608 à 1618! C'est même pour conquérir la marquise
d'Effiat que Durand a essayé de tenir un rôle dans un
complot dont le succès, suivant l'expression de G. Colletet,
devait lui assurer « la table d'un grand seigneur », une
position capable d'effacer celle de son cousin Antoine Coiffier avec, peut-être, l'espérance inavouée de le supplanter.
Les considérants de l'arrêt du 19 juillet 1618 ne sont guère
probants, les juges, hier comme aujourd'hui, n'échappaient
pas à l'air ambiant, et Luynes était à l'apogée de sa puissance [22]. Durand a moins tenté de le renverser et de réta-
blir l'autorité de la Reine-Mère sa bienfaitrice que cherché
à édifier sa propre fortune. Ce n'est pas l'adversaire du
Connétable qu'on a étranglé et brûlé, c'est l'amant déçu
dans ses calculs ambitieux, c'est le joueur perdant la
partie dont l'enjeu était la marquise d'Effiat et cette opinion a été celle de la famille de Fourcy. Comment expli-
quer autrement la destruction systématique de toutes les

pièces du procès,[23] et le silence universel fait autour de son nom ; le *Mercure françois* le qualifie de « gentil poète » ; Boitel, sieur de Gaubertin, spectateur de son supplice, rend de lui le même témoignage ; les mémoires du temps sont muets sur ses belles relations, sur sa parenté si bien en cour, il est placé sur le même rang que les deux étrangers (les frères Sity) condamnés avec lui. Son ami Guillaume Colletet a eu soin d'éviter toute allusion à sa position sociale. N'y a-t-il pas derrière cet ostracisme à l'égard d'Estienne Durand les conséquences d'un mot d'ordre, le résultat de quelque rancune inassouvie, le dernier acte d'un drame ignoré, une suite tragique des *Méditations* ? Aucune voix amie ne paraît s'être élevée pour demander sa grâce. La marquise d'Effiat a-t-elle eu un instant de pitié pour ce cousin qui, s'il n'est pas mort pour elle, n'avait vécu que par elle ? Eût-elle d'ailleurs été écoutée ? C'est douteux, si les favoris pardonnent assez facilement les attaques contre le Monarque, ils n'hésitent jamais à supprimer leurs ennemis.

Personne n'a pu lire dans le cœur de Marie de Fourcy, mais au cours de sa longue vieillesse — elle s'est éteinte à l'âge de 81 ans, après 38 années de veuvage — sa pensée a dû s'arrêter plus d'une fois à deux dates fatidiques : Estienne Durand, compagnon de sa jeunesse, en voulant combler trop vite le fossé qui les séparait, terminait ses jours sur la place de Grève le 19 juillet 1618, et Cinq-Mars, son second fils, pour obtenir la main d'une autre femme, Marie de Gonzague, duchesse de Mantoue [24], n'était pas plus heureux dans son entreprise, sa tête tombait sur la place des Terreaux à Lyon, le 22 septembre 1642. La seule différence, à vingt-quatre années de distance, avait été celle qui distinguait dans le supplice le gentilhomme du roturier : l'échafaud au lieu de la roue !

L'un a-t-il été la rançon de l'autre ? Faudrait-il, au contraire, admettre une explication plus logique et plus conforme aux lois de l'hérédité, le conspirateur de 1618 ne serait-il pas le père du conspirateur de 1642 ? Nous posons cette question à titre de simple hypothèse, mais cette hypothèse n'est pas encore infirmée par la date de naissance de Cinq-Mars, date fixée un peu arbitrairement à 1620 [25]. Seul l'acte de baptême du Grand Escuyer de Louis XIII tranchera définitivement ce petit problème biographique.

*
* *

Nous venons de reconstituer le côté passionnel de la vie d'Estienne Durand tel qu'il nous a été révélé par ses *Méditations*. Abordons maintenant l'histoire du complot dans lequel il a été impliqué et cherchons à pénétrer le secret du pamphlet qui a causé sa perte.

Les historiens du temps se sont à peine occupés de son procès et la répétition de ce qu'ils en ont dit ne nous apprendrait rien de décisif. Il faut, si on demande des détails précis, recourir à un étranger, Galluzzi, bien placé pour être renseigné ; il a eu, en effet, à sa disposition, les correspondances diplomatiques de l'agent du Grand-duc de Toscane à Paris en 1618, Bartolini, ami personnel des deux principaux coupables, les frères François et André Sity. Arrêtés le 27 mai, Durand les suivit en prison le 30 mai[26] et Luynes les déféra tous trois au Grand Conseil, juridiction plus docile, par suite plus expéditive et plus sûre que le Parlement pour obtenir une condamnation.

Avant de donner la parole à Galluzzi (T. VI de son Histoire du Grand-Duché de Toscane sous le Gouvernement des Médicis), exposons les origines[27] du conflit entre Louis XIII et le duc Come II de Toscane :

Après la mort de Concini et de sa femme, Louis XIII, sur les conseils de Luynes, voulut faire saisir les biens que les favoris de Marie de Médicis possédaient en Toscane en invoquant l'arrêt du 8 juillet 1617 rendu contre la maréchale d'Ancre déclarant « leurs biens féodaux tenus « de la Couronne réunis au domaine, leurs autres fiefs, « immeubles et biens de toute sorte, même ceux hors le « Royaume, acquis au Roi... ». Le duc Come II s'y refusa.

Au même moment, les Marseillais s'emparèrent des vaisseaux appartenant aux négociants de Livourne et venant des Etats barbaresques sous prétexte que les marchandises qu'ils contenaient étaient le fruit de leurs rapines sur les chrétiens. En réponse à cette agression, Come II fit saisir quatre navires provençaux à Livourne, en renvoya les équipages et partagea les marchandises entre les négociants lésés par les Marseillais.

Louis XIII mécontent, et cédant aux réclamations des Marseillais qui exagérèrent l'insulte qu'on leur avait faite, enjoignit, sur le conseil de Luynes, à Bartolini, envoyé du duc de Toscane, de quitter le Royaume. Bartolini s'enfuit précipitamment en Lorraine, où le duc Henri le reçut avec des marques particulières d'amitié. « Ce fut « l'effet de ces sentimens mutuels qui engagea le duc « Henri (de Lorraine) à regarder l'affaire de Côme II « comme la sienne propre ; il envoya sur le champ à « Paris, Marienville, son premier ministre, pour se rendre « médiateur de ce différend, et prévenir quelque démarche « plus violente. En effet, Louis XIII étoit près de se livrer « à tout son ressentiment, et de Luynes n'écoutoit que sa « fureur. Bartolini avoit vécu à Paris avec deux Floren- « tins, nommés Sizi : en partant, il leur avoit confié sa « maison et ses équipages. Durand, homme de lettres, « étoit très-étroitement lié avec eux ; ils étoient tous atta- « chés au parti de la reine et du maréchal d'Ancre ; ils « gémissoient intérieurement de la persécution qui les « accabloit. Les Sizi avoient composé un écrit apologé- « tique en faveur de la reine et de Concini, mais très « injurieux pour le roi, et tendant à inspirer aux François « l'esprit de rébellion. Louis XIII étoit comparé à Néron ; « comme ce tyran, il avoit frappé le maître qui l'avoit « instruit ; comme lui, il avoit fait arrêter sa mère ».

« Les Sizi étoient auteurs du libelle ; Durand l'avoit cor- « rigé et même augmenté ; l'imprudence des Sizi fut si « grande que, sans aucune précaution, ils en envoyèrent « une copie à la reine à Blois, et une autre à Bartolini en « Lorraine. Les copies furent interceptées ; on arrêta les « auteurs, et l'on sévit de nouveau contre les Florentins. « La reine fut aussi gardée plus soigneusement. Cette

« découverte en fit faire d'autres : la complicité de Barto-
« lini devint plus vraisemblable : le Grand-duc fut soup-
« çonné d'être d'intelligence, et la médiation du duc de
« Lorraine rencontra les plus grandes difficultés.

« Cependant, toute la cour et ceux mêmes qui avoient
« haï le maréchal d'Ancre, reconnoissoient l'odieux d'une
« vengeance si longue accompagnée de procédés si vio-
« lents. De Luynes sentit lui-même que si les cours
« étrangères se mêloient de cette affaire, il pouvoit être
« dépouillé de ce pouvoir dont il abusoit. Il jugea donc
« à propos d'inspirer au roi des sentimens plus doux
« envers le Grand-duc : les auteurs du libelle subirent
« toute la rigueur des loix ; mais l'ambassadeur de
« Lorraine trouva les esprits disposés à un accomode-
« ment, aux conditions que les avantages se trouveroient
« réciproques, et qu'on rétabliroit Bartolini dans sa
« dignité. »

On le voit, ni Galluzzi au xviiie siècle, ni les historiens
français du xviie siècle, ne mentionnent le titre du pamphlet
dont Durand serait, sinon l'auteur, tout au moins le tra-
ducteur et l'amplificateur, même l'arrêt de condamnation
est muet sur ce point. Nous devons ce titre à un obscur
compilateur, Boitel sieur de Gaubertin. Il nous l'a transmis,
comme on le verra plus loin, dans son *Théâtre tragique*
(3 vol. in-12) dont le T. III porte le titre de *Théâtre de
Malheur.*

Ce pamphlet a-t-il été imprimé ; M. Ed. Tricotel,
s'appuyant sur un passage de la notice de Guillaume
Colletet, répond affirmativement : « Il (G. Colletet) devait

« plus qu'aucun autre, ayant connu personnellement
« l'auteur, désirer lire l'ouvrage brûlé en place de Grève.
« Ce pamphlet était-il imprimé ? Nous le croyons. S'il eût
« été manuscrit, il n'aurait certes pas survécu aux flammes
« du bûcher de 1618, et Colletet n'aurait pas eu la possi-
« bilité matérielle de le lire, possibilité qu'il a eue, mais
« dont il n'a pas usé ; cela ressort clairement, selon nous,
« des termes par lui employés... »

M. Ed. Tricotel serre d'un peu trop près le texte de
Colletet (nous répétons le passage visé de la notice) :

« car je me souviens en ma jeunesse que l'estant un
« jour allé visiter en son logis....., ce qui arriva trois ou
« quatre mois avant son malheur dont sans doute il jetoit
« dès lors les premiers fondemens par cet ouvrage si
« funeste que je n'ay jamais veu et que je n'ay jamais eu
« la curiosité de voir, estant comme je suis naturellement
« ennemy de la satyre et des libelles. Les seuls ouvrages
« que j'ay veus de luy et qu'il a publiés sont ceux qui
« s'ensuivent..... »

d'autant que Galluzzi et Boitel, sieur de Gaubertin, tran-
chent définitivement cette question, ils sont tous deux
aussi formels que possible :

Galluzzi :

« Les Sizi (pour Sity) étaient auteurs [28] du libelle,
« Durand l'avait corrigé et même augmenté, l'imprudence
« des Sizi fut si grande que, sans aucune précaution, ils
« en envoyèrent une copie à la reine à Blois et une autre
« à Bartolini en Lorraine. »

Boitel, sieur de Gaubertin :

« Ce poète (Estienne Durand) assez cogneu dans la
« cour du Roy de nos Lys, pensionnaire de Sa Majesté
« qui avoit receu tant de bien-faits de ce bon Prince
« Louys de Bourbon, à qui les oracles ont donné le tiltre
« de Juste, se laissa gaigner à la passion d'autruy, et
« d'une rage altérée d'argent, pour assouvir son extrême
« avarice, non content de ses pensions et de l'honneur
« qu'il s'estoit acquis par ses vers, fit un meschant et
« détestable libelle contre celuy de qui dépendoit toute
« sa prospérité. Je ne veux point faire relation du suject
« de sa *Riparographie*, je me contente seulement de
« raconter sa mort à nos neveux. Sa malice fut descou-
« verte, ses manuscrits et coppies trouvées, ses complices
« rocogneues (*sic*), et luy emprisonné et convaincu de
« crime de lèze Majesté condamné justement à estre
« rompu tout vif sur la roue, en la place de Grève. Il
« (Durand) mourut assez constant et demanda pardon à
« Dieu et au Roy de son délict. Deux jeunes gentilshommes
« frères, Italiens de nation, qui s'estoient meslez de
« transcrire et traduire du François en Italien son livre
« diffamatoire, furent aussi exécutez à mort. L'un fut
« pendu et l'autre roüé..... J'ay esté spectateur de cette
« mort tragique. »

La *Riparographie* était donc manuscrite et en prose.

Durand, au fond, a joué le rôle d'un comparse et il a
payé de sa vie sa légèreté. Voici le texte de l'arrêt prononcé le 19 Juillet 1618 :

« Veu par le conseil le procès criminel fait et parfait
« par les commissaires députés par le conseil à François
« et André Sity frères, natifs de Florence, et Estienne
« Durand, natif de cette ville de Paris, prisonniers ès
« prisons dudit conseil à la requeste du procureur
« général du Roy demandeur en crime de lèze majesté
« pour raison de livres et discours faits, composés et
« escrits contre l'honneur et authorité du Roy, par
« attaques, factions et menées contre son service, bien,
« repos de son Estat, tant dedans que dehors le royaume,
« lesdits livres et discours, mémoires et lettres missives
« desdits François et André Sity, tant en langue françoise
« qu'italienne [29] et en chiffres, premier arrest de retention
« audit conseil du 4ᵉ Juillet 1618, autre arrest dudit
« conseil du 6ᵉ desdits mois et an, ouïs lesdits François
« et André Sity et ledit Durand sur la sellette pour ce
« mandés audit conseil, conclusions du procureur géné-
« ral [30] du Roy.

« Dit a esté que le conseil a déclaré [31] lesdits François
« Sity et Estienne Durand, avoir composé et escrit lesdits
« livres, discours et mémoires et par eux avoir ledit André
« Sity fait des pratiques, menées et intelligences contre
« l'honneur et authorité du Roy, son service, bien et
« repos de son Estat, tant au dedans que dehors le
« royaume, pour réparation desquels crimes le conseil a
« condamné et condamne lesdits François Sity et Durand
« à estre menés par l'exécuteur de la haute justice dedans
« un tombereau au devant de la principale porte de
« l'église de Nostre-Dame de cette ville de Paris, nuds

« en chemise, la corde au col, tenant chacun en leurs
« mains une torche ardente du poids de deux livres et
« illec dire et déclarer que méchamment et malicieuse-
« ment ils ont fait, composé et escrit lesdits livres,
« discours et mémoires contre l'honneur et authorité du
« Roy, fait pratiques et menées contre le bien de son
« service et repos de son Estat, dont ils demandent pardon
« à Dieu, au Roy et à justice, de là estre menés et
« conduits en la place de Grève de cette dite ville, et là
« estre lesdits François Sity et Durand rompus vifs et
« brisés sur un échafaud qui, pour ce faire, sera dressé
« au dit lieu, et mis sur une roue pour y demeurer tant
« que mort s'ensuive, et après estre leurs corps, ensemble
« lesdits livres et discours brûlés et leurs cendres jetées
« au vent ; et ledit André Sity à estre mené en un tom-
« bereau par ledit exécuteur de la haute justice en ladite
« place de la Grève et estre pendu et estranglé à une
« potence qui, pour ce faire, sera dressée en ladite place ;
« et auparavant ladite exécution, ledit conseil a ordonné
« que lesdits François et André Sity et Durand seront mis
« et appliqués à la question ordinaire et extraordinaire pour
« sçavoir d'eux la vérité et leurs complices ; et a ledit
« conseil condamné lesdits Sity et Durand en 3oo livres
« pour les bastimens de l'hospital de Saint-Louis de cette
« dite ville de Paris et en la somme de 2.5oo livres appli-
« cable en œuvres pies ainsi que par le conseil sera
« ordonné, et la somme de 1.5oo livres applicable aux
« nécessités dudit conseil[32], déclare le surplus des biens
« desdits Sity et Durand acquis et confisqué au Roy. Le

« présent arrest a esté mis au greffe dudit conseil, monstré
« au procureur général du Roy et prononcé auxdits Sity
« et Durand pour ce fait remis en la chambre du conseil
« desdites prisons et entièrement exécuté. A Paris, le
« 19ᵉ jour de juillet 1618 [33]. »

(Archives Nationales, U 785, folio 311.)

A ce procès des Sity et de Durand se rattache inci-
demment une curieuse figure, celle du peintre Quintin
Varin, le maître de Nicolas Poussin, à qui le trésorier de
Marie de Médicis, Claude Maugis, s'était adressé, à la fin
de 1617 ou dans les premiers mois de 1618 pour l'exécution
des tableaux que la Reine-Mère voulait placer dans le
Luxembourg nouvellement bâti en l'honneur d'Henri IV.
Varin, commensal d'Estienne Durand, fut très alarmé de
l'arrestation de son ami, il quitta subitement Paris et on
ne put le retrouver, si bien qu'à défaut de Varin c'est à
Rubens qu'échut l'honneur de décorer le Luxembourg.
Estienne Durand avait vraisemblablement recommandé
Varin à Marie de Médicis.

Laissons raconter ce petit épisode à Simon, conseiller
au Parlement de Beauvais (Supplément à l'Histoire du
Beauvaisis) :

« Quintin Varin, peintre du roi Louis XIII, avait
« appris à peindre de maître François Gayet, chanoine
« de Beauvais, dont il y a quelques peintures dans la
« cathédrale qui n'approchent pas de celles de son écolier,
« qui quitta Beauvais en 1610. Varin est le premier des
« Français qui a su peindre la perspective, et le frère

4

« Bonaventure d'Amiens, capucin, lui en avait donné
« l'ouverture. . Il commença à travailler à Beauvais, où,
« après quantité d'ouvrages, voyant que sa science ne le
« garantirait pas de l'hôpital, il alla à Amiens, où il
« peignit plusieurs familles entières qui sont dans l'église
« de Notre-Dame ; et n'y trouvant pas encore des récom-
« penses proportionnées à l'idée qu'il avait de son mérite,
« il alla à Paris loger dans un grenier, rue de la Verrerie,
« chez un marguillier de Saint-Jacques la Boucherie, qui
« lui fit faire un grand tableau où il représentait saint
« Charles Borromée en extase, avec un saint Michel
« debout ; cet ouvrage ayant été vu par hasard et admiré
« par l'intendant de la reine Marie de Médicis, qui
« s'informa du peintre, l'alla chercher dans son galetas,
« lui donna de quoi payer son loyer et l'amena à la reine,
« après lui avoir fait tracer un dessin sur l'idée qu'il lui
« en avait donnée, que l'on trouva si juste et de tant
« d'imagination qu'ils furent ravis d'avoir trouvé ce que
« l'on faisait chercher dans les pays étrangers depuis
« longtemps ; on l'arrêta pour travailler à la galerie du
« nouveau palais du Luxembourg. Mais s'étant trouvé
« associé avec un nommé Durant, poëte, qui travaillait
« aux inscriptions, et ce dernier, qui aimait la satire,
« ayant écrit contre le gouvernement, fut arrêté, prison-
« nier, et depuis pendu. Varin s'alarma si fort et se cacha
« si bien qu'il ne put savoir qu'on le cherchait pour le
« faire travailler et qu'on ne put le déterrer, ce qui fut
« cause que l'on se servit de Rubens, d'Anvers. Varin
« revint quelques années après, et il fit pour la reine la

« Présentation de Jésus-Christ au Temple, qui est dans
« le retable des Carmes du Luxembourg, le Paralytique,
« de Fontainebleau, et, suivant quelques-uns, le tableau
« du maître-autel de Saint-Eustache, qui est plutôt de
« Voet (Vouet). Il a aussi peint dans quelques chapelles
« à Saint-Nicolas-des-Champs. Il s'attachait à peindre en
« raccourci. Nous avons à Beauvais un grand nombre
« de ses premiers ouvrages... Ce qui était cause qu'il ne
« gagnait pas tant, c'est qu'il voulait tout faire lui-même
« ses tableaux. Il peignait aussi avec beaucoup de netteté
« toutes sortes de caractères, tant avec le pinceau qu'avec
« la plume. »

Nous avons rapproché la destinée de Cinq-Mars de
celle d'Estienne Durand, heureusement pour Varin il a
échappé au sort de de Thou. Son attitude laisse cependant
supposer qu'il n'ignorait rien des agissements du poète. La
discrétion n'était pas la qualité maîtresse de l'amoureux de
Marie de Fourcy. N'y avait-il pas une folle imprudence
de sa part de parler, le connaissant à peine, à un jeune
homme de vingt ans, Guillaume Colletet, « des trois services » qui devaient bientôt remplacer « les trois plats dont
on le servait » ? Un conspirateur aussi ingénu était peu
dangereux, il sentait trop le besoin de laisser entrevoir la
haute situation qui devait lui permettre de vivre son rêve.
Aussi de Luynes a-t-il pu épargner volontairement le
confident Quintin Varin, estimant que les trois victimes du
pamphlet manuscrit de 1618 suffisaient à terroriser ses
adversaires. S'il l'a cru, il s'est trompé, les libelles contre
sa personne ont continué à pleuvoir et leurs attaques

étaient des plus violentes. Mathieu Molé rapporte sous
la date de 1619 qu'il s'opposa à la commission donnée
« par le roi au lieutenant civil du prévôt de Paris pour
« juger, selon le contenu en icelle, ceux qui imprimoient,
« publioient et vendoient des libelles diffamatoires », mais
le 13 mai 1619 le roi, par lettre datée d'Orléans, manda à
Molé de faire cesser les difficultés incontinent et « n'y
faites faute », était-il dit. Le 30 mars 1620, une seconde
lettre du Roi au Parlement contenait une nouvelle plainte
contre les auteurs « de libelles diffamatoires où, sous
« des noms empruntés, la Majesté royale étoit blessée
« et l'honneur de plusieurs particuliers entaché... ». Ces
particuliers n'étaient autres que Luynes et ses deux
frères. L'holocauste que s'était offert le Connétable avait
donc été inutile ; il coûtait à la France un des poètes
sur lequel elle pouvait fonder de grandes espérances !

F. LACHÈVRE.

MEDITATIONS

DE E. D.

D. à son Uranie.

S'il m'estoit permis, Belle inhumaine, de vous entretenir avec liberté des ennuis que j'ay soufferts en méditant,
si je pouvois estre autant avec vous, sans envie, que ce
petit livre y peut estre sans soupçon ; Si, dis-je, vostre
indifférence donnoit autant de faveur à mes discours, que
vostre loisir en pourra donner à mes vers ; je n'aurois
pas permis à mes pensées de régner avec tant d'empire, et
n'aurois pas tant employé de temps aux méditations, pour
perdre celuy de l'entretien : mais la rigueur de ma fortune,
et vostre inclination contraire à mes desirs m'ont forcé
d'escrire ce que vous n'avez pas voulu entendre, et mon
Amour a mieux aimer s'ayder de vers pour me plaindre,
que de paroles pour vous fascher. Si vous les mesprisez,
ils ne courront que ma mesme fortune, et la perte m'en sera
petite après celle de ma liberté ; et puis vostre plus grand
plaisir résultant de ma douleur, j'auray du moins le contentement de donner nouvelle matière à vos mespris, vous
faisant traverser l'ouvrier en son ouvrage, et verser sur
les méditations des desdains pour le méditant : Je ne me
fascheray non plus de les voir en elles que de les sentir

en moy ; les ayant si fort tournez en coustume, que si vostre courage se portoit à mon bien par la cognoissance de mon mal, il me donneroit sujet de crainte au lieu de repos ; et ne pourrois en savourer la douceur que par miracle. Mais continuez, ma Belle, puis que mon malheur vous contente, inventez si vous pouvez d'autres moiens de m'affliger : ce ne seront que nouvelles preuves de ma constance pour estre résolu de ne méditer, et ne vivre jamais que pour vous.

AU SIEUR D.

SUR SES

MÉDITATIONS

SONNET

Tu ressemble au laurier dans les feux s'esclattant,
Qui fait voir en son bruit l'ardeur qui le consume,
En tes vers pleins d'amour tes Amours méditant,
Tu nous fais voir l'ardeur dont ce Dieu te r'allume.

Dissemblable pourtant, en ce que par coustume
Le foudre dessus luy ne va point s'arrestant,
Et sur toy tous les traicts et toute l'amertume
De ce Tyran des cœurs se plongent d'un instant.

La belle que tu sers se plaist en ton mal-heur,
Pourquoy donc si long temps nourris-tu ta douleur,
Méditant pour un œil qui ta perte demande?

Croy moy, si tant d'amours souspirez en ces vers,
Ne la peuvent changer, vainement tu la sers,
Suy la légèreté, je seray de ta bande.

A. P.

SUR LES MÉDITATIONS

Toy, quiconque sois-tu, Belle ingrate, qui peux
Entre tant de souspirs demeurer inflexible,
Ou tu dois estre aveugle à ces vers pleins de feux,
Ou si tu ne l'es point tu dois estre insensible.

Celuy qui fit marcher les rochers et les bois
Ne les fit point marcher avec de plus doux charmes,
Et l'enfer fléchissant aux accords de sa voix
Ne fut point surmonté par de plus fortes armes.

Plus dure qu'un rocher, plus fière que l'enfer,
Tu ne rends point ton âme en ses plaintes ravie,
Et mesprisant un cœur qui te fait triompher,
Ingrate, tu meurtris qui te donne la vie.

Si ceux qui te voyoient adoroient ta beauté,
Par ces vers les absens en aimeront l'empire :
Mais chacun te fuyra si par ta cruauté
Tu conduits au tombeau celuy qui t'en retire.

Bien-heureux toutes fois tes mespris et tes coups,
Puis qu'ils luy ont donné le sujet de se plaindre,
En les blasmant pour luy les faut loüer pour nous,
Et les aimer autant comme il les a deu craindre.

Sans eux il n'auroit pas ces beaux vers médité,
Dont l'amour fait des traits, et le monde une estude,
Si bien qu'en regrettant ainsi sa liberté,
Son regret nous doit faire aimer sa servitude.

Ses souspirs ont en soy tant de perfections,
Que tout le monde doit croire au siècle où nous sommes
Que l'Amour apprendroit ses méditations,
S'il vouloit souspirer en langage des hommes.

C. O.

SUR LES MÉDITATIONS

du Sieur D.

Comme le Soleil fond la cire,
Et fait une fange recuire,
Tes vers tous remplis de langueur
Pour une beauté qui t'offense,
Nous font admirer sa puissance,
Et maudire aussi sa rigueur.

Ta belle peut-elle estre humaine,
Et ne sentir point en ta peine
Quelque peu de ta passion :
Ou bien n'as-tu point le courage
De résister à son outrage,
Comme elle à ton affection ?

C'est trop souffrir pour une ingrate,
En vain par l'espoir tu te flatte,
Méditant pour sa cruauté :
Toutesfois tu nous fais bien croire,
Que ta prison est ta victoire,
Et ta mort ton éternité.

Car si doctement tu souspire,
Qu'avec raison nous pouvons dire,
Que ton pis a causé ton mieux,
Et devons plus à ta Maistresse,
Pour sa rigueur et sa rudesse,
Que pour la beauté de ses yeux.

L. D.

SUR LES MÉDITATIONS

du Sieur D.

MADRIGAL

Voicy l'Interprète d'Amour
Qui paroist aux yeux de la Cour,
Qui rend moins de sons que d'oracles,
Et moins de vers que de miracles.

Il nous fait voir les passions
Qui naissent des affections :
Mais estant contraint de s'en plaindre
On les doit moins aimer que craindre.

Vous qui n'avez encor receu
Les traicts dont Amour l'a déceu
Fuyez ses vers, qu'on ne peut lire
Sans avoir part à son martyre.

Vos ô lauri carpam.

MÉDITATIONS

DE E. D.

I

Languissant nuict et jour en un égal martyre,
Voicy ce que mon cœur a tousjours médité,
Tantost en adorant les loix de ton empire,
Et tantost par douleur contre elles despité.

Non, c'est plustost Amour qui lamente et souspire
De voir contre mon bien ton courage irrité,
Et qui semble vouloir par ma plume te dire
Qu'en me blessant tu blesse aussi sa déïté.

Je suis son âme mesme, ou plustot son essence,
Tous mes tourmens aussi luy tiennent lieu d'offense,
Il souffre en mes douleurs, et languit en mes fers.

Voy donc ses mesmes cris, et ses mesmes alarmes,
Et permets pour le moins qu'il t'asseure en ces vers
Combien ils m'ont cousté de souspirs et de larmes.

II

Battus ayant promis de garder le silence
Au larcin qu'avoit faict Mercure en un troupeau,
Le trompa néantmoins par un profit nouveau,
Dont Mercure outragé soudain prit la vengeance.

Ainsi la Parque ayant achevé mon fuseau,
Le destin me promit heureuse récompence,
Si je pouvois dompter la douce violence
Du Dieu qui porte aveugle un funeste flambeau.

Mais luy m'ayant promis un plus riche salaire,
J'ay trompé mon destin, qui depuis par colère
M'a faict comme Battus en pierre transformer.

Et comme il fut depuis une pierre de touche,
On peut voir par mes vers que c'est de bien aimer,
Et le silence peut s'apprendre de ma bouche.

III

Geler dedans les feux, et brusler dans la glace,
Ne pouvoir à mes yeux accorder le sommeil,
Vivre de désespoir attendant le cercueil,
Effroyable porter la mort dessus ma face :

Verser, non pas des pleurs, mais du sang de mon œil,
Mesler la joye aux pleurs, et la craincte à l'audace,
Gisant dedans mon lict n'arrester point en place,
Ci tost que le jour vient détester le Soleil :

Errer en un moment entre mille desirs,
Faire dès leur naissance avorter mes plaisirs,
Sont les seuls entretiens de mon âme affligée,

Lors que je considère avec quelles douceurs
Elle fut par tes yeux à t'aimer obligée,
Pour n'avoir à la fin que des feux et des pleurs.

IV

Brute voyant mourir la liberté Romaine,
L'ayant suivy vivant, la suivit au tombeau :
Caton voyant sa vie et sa mort incertaine,
Fit entrée à la mort par son propre cousteau :

Annibal accourcit et sa vie, et la haine
Des Romains par le suc de son petit anneau :
Et Socrate, en prison par la rage inhumaine
Des tyrans, de son cœur fit œuvre de bourreau.

Si ma liberté meurt, si ma vie est douteuse,
Si je suis poursuivy d'une rage amoureuse,
Si mon cœur est aux fers à la mort appresté :

Pourquoy languis-je plus en l'ardeur qui me tuë?
Que ne mouray-je en Brute avec ma liberté,
Ou du moins en Socrate après l'avoir perduë?

V

Forest de mes Amours, fidèle secrétaire,
Forest où mes douleurs Echo va racontant,
Forest où les oyseaux vont mon mal récitant,
Forest où mon malheur me permet de me plaire :

Forest où mon ennuy m'a rendu solitaire,
Forest où les Zéphyrs vont sans cesse habitant,
Forest où les rochers vont le Ciel supportant,
Forest où cent ruisseaux ont leur cours ordinaire :

Forest qui toute seule as receu tous mes vœux,
Forest où je veux vivre et mourir langoureux,
Enferme dans ton sein ma complainte eslancée :

Afin que si tu vois ma belle par le sort
Tu luy monstre qu'icy j'ay souspiré ma mort
Plustost qu'en autre lieu souspiré ma pensée.

VI

Où trouveray-je une onde aussi claire que belle
Pour expier l'horreur d'un songe que j'ay faict ?
J'ay pensé sommeillant voir un serpent infect,
Qui sifflant vouloit mordre et tuer ma rebelle.

J'ay pensé voir encore accourant auprès d'elle
Pour la vouloir sauver, un prodige en effect ;
Car ce cruel serpent délaissant son project,
Aussi tost d'un enfant a pris forme nouvelle.

Puis il m'a dict, Pauvret qu'as-tu faict en ce lieu,
Uranie m'ayant résisté, comme Dieu
En serpent je voulois la piquer et surprendre,

Va, de ton trop oser tout seul tu pâtiras,
Sans jamais l'eschauffer tout seul tu brusleras,
Et son cœur sans pitié se rira de ta cendre.

Mes yeux avec mon cœur par un sort rigoureux
Semblent l'un contre l'autre en moy prendre les armes,
Mes yeux desirent voir l'object de mes alarmes,
Mon cœur le veut quitter, et le trouve fascheux.

Mes yeux blasment mon cœur d'estre tant amoureux,
Mon cœur blasme mes yeux de se paistre de charmes,
Mes yeux veulent noyer mon cœur avec des larmes,
Mon cœur veut desseicher mes yeux avec des feux.

Mes yeux disent qu'il a tout leur sommeil osté,
Et mon cœur dict qu'ils ont perdu sa liberté,
Chacun sur son voisin veut rejetter l'offence.

Mais, Amour, pour finir ce débat plein d'ennuy,
Si du mal de mes yeux mon cœur fait pénitence,
Est-ce pas justement qu'il s'en plaint aujourd'huy ?

6

VIII

Quelle rigueur du Ciel, d'estre tousjours actif
A chercher insensé tant de peines cruelles,
Et courir malheureux à des chaisnes nouvelles,
Après avoir esté des prisons fugitif?

Amour (qui malgré moy me fais estre captif,
Et qui veux que je vive en prisons éternelles),
Au moins ayant puny mes fuittes infidèles,
Cesse de m'outrager cessant d'estre rétif.

On dict qu'un Roy jadis se paissoit de poison,
Et que d'autres n'ont peu vivre ailleurs qu'en prison,
Hé, que je leur ressemble en mauvaise habitude.

Je n'ayme que mes fers, et ne vis que de pleurs,
Mais vivant dans l'ennuy comme en la servitude,
Que ne puis-je comme eux estre aussi sans douleurs?

Traistre Amour qui nous vas par espoir décevant,
Tous les maux que tu fais tiennent de ton essence,
Car ta mère Vénus ne receut sa naissance
Que des flots qui sans foy flottent au gré du vent.

Concubine de Mars, elle s'emplit souvent
Des fureurs que ce Dieu tourne en accoustumance :
Et femme de Vulcan elle va concevant
Les ardeurs qu'elle voit tousjours en sa présence.

Ton père est incogneu, jamais il n'eut de ran,
Mais Vénus t'ayant faict prit le feu de Vulcan,
La cruauté de Mars, et la fraude de l'onde.

Elle t'infusa tout aux mains et dans l'esprit,
Puis te nommant Amour, en ce seul nom comprit
Les feux, les cruautez, et les fraudes de l'onde.

Belle main qui d'Amour empruntant les sagettes,
Perças en moins de rien mon cœur de mille traicts,
Combien ta beauté tient de libertez sujettes,
Et combien ta blancheur est aimable en attraits!

On dict qu'Amour ayant dans ses feux et ses rets
Bravement engagé les âmes plus parfaictes,
Veut faire un sacrifice au milieu des forests
Pour rendre grâce aux Dieux des prises qu'il a faites.

Il veut de mille cœurs eslever un monceau,
Et tu dois, belle main, apporter le flambeau
Pour brusler tous ces cœurs que ta beauté sceut prendre:

Haste-toy donc, Amour, achève ton dessein,
Desjà sentant mon cœur brusler dedans mon sein,
J'ay souvent souhaitté qu'il fust réduit en cendre.

Beauté, dont les attraicts enchanteroient les Dieux,
Maudiray-je le sort qui t'offrit à ma veuè?
Maudiray-je le jour ennemy de mon mieux,
Que de mes yeux charmez ta beauté fut cognuë?

Maudiray-je l'Amour, maudiray-je les Cieux?
Maudiray-je un penser qui me paist et me tuë,
Maudiray-je ton teint, maudiray-je tes yeux,
Dont la force amoureuse a mon âme déceuë?

Maudiray-je ta grâce et ta belle action,
Ta rigueur, ta douceur, ou ta discrétion,
Qui se fait des mortels moins admirer que craindre?

Non, je ne puis maudire en ma vive douleur
Que mes affections et mon propre malheur,
Qui veut nourrir mon feu plustost que de l'esteindre.

XII

Sommeil, dont les destins ont enrichy le monde,
Pour servir de relasche aux desplaisirs soufferts,
Si le galérien qui rame dessus l'onde
Peut reposer par toy dans les coups et les fers :

Si le pierreux peut bien d'une outrageuse sonde
Oublier par toy seul les sentimens divers :
Si le goutteux oublie une rage profonde
A l'heure que tu peux glisser dedans ses ners :

Si l'artisan pénible en toy seul se délasse,
Si par toy la douleur d'un jour à l'autre passe,
Pourquoy suis-je tout seul sans toy dessous les Cieux ?

Pourquoy du bien commun n'ay-je point jouyssance ?
Ha ! Sommeil, je t'entends, tu monstre en ton silence
Que la mort, non pas toy, me doit fermer les yeux.

XIII

Un jour que je voulois esloigner ma cruelle,
J'appelay la Fortune, et l'Amour, et la Mort,
Pour changer ou finir la rigueur de mon sort,
Ou du moins pour fleschir ceste jeune infidelle.

La Fortune et l'Amour conspirant avec elle,
Me dirent en riant que je fuyois à tort,
Et que portant tousjours mon feu dans ma moüelle,
Le changement du lieu n'en changeoit point l'effort.

Alors désespéré vers la Mort je m'addresse,
Qui ses traicts dans sa main accourut de vitesse,
Pour m'arracher la vie avecques la douleur.

Mais las! elle me dict pour complaire à Ma dame
Qu'elle n'offensoit point ceux qui n'avoient point d'âme,
Et qu'Amour m'avoit faict éternel au malheur.

XIV

Comme la Lune au Ciel emprunte de son frère
La lumière qu'après elle verse icy-bas,
Uranie reçoit d'Amour tous ses appas,
Dont elle rend après mon âme prisonnière.

Le Soleil donne bien ses rais et sa lumière
A sa sœur, et pourtant ne s'en approche pas :
Ainsi sans approcher ma belle d'un seul pas
Amour donne à ses yeux leur flame coustumière.

L'une est Déesse en terre, aux enfers et aux Cieux,
L'autre assujettit tout au pouvoir de ses yeux,
Qu'ainsi de toutes deux la puissance est unie.

A ma belle pourtant cet avantage est seur,
Que le Soleil pourroit bien luire sans sa sœur,
Mais Amour n'auroit point de feux sans Uranie.

XV

Que dis-je, ceste Belle est semblable à la Lune,
Bien que Déesse en terre, aux cieux et aux enfers :
L'une chasse sans cesse aux animaux divers,
L'autre des plus grands cœurs rend la prise commune.

L'une peut au seul corps faire courir fortune,
L'autre bruslant les cœurs met les âmes aux fers :
L'une sans le Soleil se verroit tousjours brune,
L'autre par elle-mesme esclaire à l'univers.

L'une dans les enfers ne commande qu'aux morts,
Et la beauté de l'autre a des charmes si forts,
Que des Dieux et de nous elle engage les âmes.

Toutesfois toutes deux s'accordent en cecy,
Que si l'une d'Amour n'eut jamais de soucy,
L'autre rit de ses traicts et mesprise ses flames.

XVI

Celuy qui le premier vers le monde nouveau
Osa guider sa nef d'une face asseurée,
Descouvrit une mer de fleurs toute parée,
Ou plustost un printemps qui flottoit dessus l'eau.

Tout ravy de merveille en un object si beau,
Curieux il s'eslance en ce nouveau Nérée :
Mais il ne trouva rien qu'une onde colérée,
Qui pensa sous des fleurs luy cacher un tombeau.

Aussi menant mon cœur sur le flot amoureux,
Amour ne me fit voir que des ris et des jeux,
Puis m'ayant attiré fit dessein sur ma vie.

Mais l'object est si beau qui cause mon trespas,
Que moy-mesme en mourant je ne me croiray pas
Si digne de pitié comme digne d'envie.

XVII

Pourquoy pour mon malheur eus-je l'œil si léger ?
Pourquoy le sens si prompt, et l'esprit si fragile ?
Que de voir, que d'aimer, et que de m'engager
A servir un bel œil d'un labeur inutile ?

Pour avoir veu je meurs, mais d'une mort subtile
Qui renaist d'elle-mesme, et ne fait que changer,
Pour aimer je me vois tous les jours outrager,
Et servant je languis en ma prison servile.

L'œil, le sens et l'esprit, trop prompt, trop clair, trop vif,
M'a trompé, m'a séduict, m'a faict estre captif
D'un attraict, d'un propos, d'un amoureux cordage.

Pour avoir veu, aimé et servy son bel œil,
L'ardeur, l'amour, les fers me mènent au cercueil :
Dieux ! faites pour le moins que la mort me soulage.

XVIII

O Amour,   O penser,   ó désirs pleins de flame,
Une Dame   un object   un brasier que je sens
Me blesse   me nourrit   conduit mes jeunes ans
A la mort,   aux douleurs,   au profond d'une lame :

O Amour,   O penser,   courez tost à Ma dame,
Addressez   racontez   monstrez comme présens
A son cœur   à son âme   à ses yeux tout puissans
Mes passions,   mes maux,   les douleurs de mon âme :

Poussez   Faites voir   forcez sa résistance
Sa beauté   sa rigueur   et sa fière constance
A pleindre   à souspirer   à recognoistre mieux

Les douleurs   les ennuis   les extrémes supplices,
Que j'ay   que je nourris   que je tiens pour délices,
En aimant,   en pensant,   en desirant ses yeux.

XIX

Beaux yeux, qui recélez tant de traicts et de feux,
Que rien ne sçauroit fuir de vostre obéyssance,
Vous n'estes point des yeux, mais des soleils heureux,
Soleils, non, mais des Dieux d'immortelle naissance.

Mais comment puis-je avoir de vous ceste créance?
Des yeux ne pourroient pas estre si dangereux,
Des soleils n'auroient pas une telle influence,
Et des Dieux ne seroient jamais si rigoureux.

Les yeux sont pour le bien, vous estes pour les peines,
Le Soleil entretient, vous consommez les veines,
Les Dieux donnent la vie, et vous faites mourir.

Qu'estes-vous donc, mauvais, des beaux yeux en essence,
En beauté des soleils, et des Dieux en puissance
Descendus icy-bas pour nous faire souffrir.

XX

Assembler nuict et jour des souspirs à des plaintes,
Souffrir mille douleurs, les taire par devoir,
Brusler d'un feu secret qui ne se sçauroit voir,
Et remplir mon esprit de soupçons et de craintes :

Allumer des desirs, leur donner des contraintes,
Voir mon espoir changer d'effect et de pouvoir,
Voir envoler le bien que je pensois avoir,
Voir mes supplices vrais, et mes délices feintes :

Chercher je ne sçay quoy que dire je ne puis
Faire semblant de fuir ce que plus je poursuis,
Me mentir à moy-mesme, et me paistre de songe :

Mesler la jalousie avec la passion,
Si cela n'est aimer avec perfection,
Tout ce qu'on dict d'Amour n'est que fable et mensonge.

XXI

Sous quel astre malin, bons Dieux, fus-je conceu ?
Hé ! qu'il avoit pour moi d'influence inhumaine,
Mon cœur brusle content au feu qui l'a desceu.
Et mon âme se rit en sa perte certaine.

L'ennuy de toute sorte en mon cœur se pourmeine,
Et dès que tu luy fuis un autre est apperceu.
Ma raison le chérit après l'avoir receu,
Et croiroit l'offenser d'en mespriser la peine.

Veillant, dormant, je suis en semblable malheur,
Le jour par le penser j'entretiens ma douleur,
La nuict par le songer elle est tousjours nourrie,

Comme Oreste je suis de fureur enflammé,
Mais las ! il enduroit pour sa mère meurtrie,
Et je n'endure rien que pour avoir aimé.

CHANSON

O Bois que vous m'estes aimables,
Que vostre silence m'est doux,
Si mes ennuis sont incurables,
Pour le moins les soulagez-vous.

Fuyant le mespris ordinaire
De l'œil qui me tient arresté,
Je n'ay rien qui me puisse plaire
Que vostre sombre obscurité.

Mais hélas ! que mal me succède
Mon téméraire esloignement,
Ce que j'ay choisi pour remède
Sert pour accroistre mon tourment.

Car tousjours la flamme eslancée
Du bel œil qui tient sous sa loy
Mon souvenir et ma pensée
Se porte partout avec moy.

Mesme Amour me dict à toute heure
Avec un langage mocqueur,
Qu'en vain je change de demeure
Ne pouvant pas changer de cœur.

Ainsi la fatale ordonnance
De ce cruel et du destin,
Fait que la présence et l'absence
Ont mesme suitte et mesme fin.

Toutes deux font naistre mes larmes,
Mais par un différent pouvoir :
Car ce que l'une fait par charmes
L'autre le fait par désespoir.

O bois qui vers moy pitoyable
Escoutez mes cris ennuyeux,
Quelque autre Amant plus misérable
S'est-il jamais plaint en ces lieux ?

Non, non, il n'en a peu naistre
D'aussi pleins d'amour et de foy,
Je veux croire qu'il n'en peut estre
D'aussy misérables que moy.

Donc que parmy ces doux ombrages
Vos oyseaux changent de chanson,
Et que mes souspirs et mes rages
Soient leur estude et leur leçon.

Qu'Echo d'une voix incertaine
Ne responde qu'à mes douleurs,
Et qu'il n'y ait plus de fontaine
Qui n'ait sa source de mes pleurs.

7

COMPLAINCTE

Quoy ? faut-il qu'à jamais en mes os se nourrissent
Des braziers incogneus qui mes ans accourcissent
Sous le poids des sanglots qui me vont suffoquant ?
Faut-il que ma raison de mon âme bannie
D'un forcené desir suive la tyrannie ?
Hélas au moins, Amour, dis-moy jusques à quant ?

Je ne suis plus celuy dont l'humeur vagabonde
Ne cherchoit que des ris pour plaire à tout le monde;
La Mort est le démon que je vais invoquant,
Mes chansons de plaisir sont des plaintes funèbres,
Et les beaux jours d'autruy pour moy sont des ténèbres,
Hélas au moins, Amour, dis-moy jusques à quant.

Dès le jour que le Ciel m'a faict estre capable
De former un desir tousjours impitoyable,
De mille et mille traicts tu m'as esté piquant :
Tu n'as jamais laissé mon cœur vuide de flame,
Et je t'ay tousjours faict le maistre de mon âme,
Hélas au moins, Amour, dis-moy jusques à quant.

Plus je vais en avant, plus mon mal est extréme,
Si j'aimay cy devant, j'estois aimé de mesme :
Mais ores un bel œil se va de moy mocquant.
Il me fuit desdaigneux autant que je l'adore,
Sans vouloir advoüer le feu qui me dévore,
Hélas au moins, Amour, dis-moy jusques à quant.

Que te sert d'enfoncer en mon cœur tant de bresches,
Si la chère beauté qui te fournit de flesches
Mesprise ainsi les coups qu'elle va provoquant,
Ou blesse luy le cœur, ou guaris ma blessure,
Ou bien si sans remède il convient que j'endure,
Hélas au moins, Amour, dis-moy jusques à quant.

Dis-moy jusques à quant, Amour, je te supplie
Je languiray captif sous le joug qui me lie,
Et si tu n'iras pas ton arrest révoquant,
La rigueur de mon mal m'afflige en telle sorte
Que je ne puis plus vivre en l'ardeur que je porte
Si tu ne me veux dire au moins jusques à quant.

XXII

Un jour Amour lassé dans un bois s'endormit,
Et Diane chassant sous le mesme feuillage
L'appercevant de loing s'approcha davantage,
Et prenant tous ses traicts en cent pièces les mit.

Amour se resveillant au grand bruit qu'elle fit,
De haine et de courroux fit rougir son visage,
Mais Diane fuyant au plus creux du bocage
En se mocquant de luy ces paroles luy dict :

Je sçavois bien, voleur, que je t'attrapperois,
Désormais les humains affranchis de tes loix
Tes mains estans sans traicts, seront sans tyrannie.

Diane, dit Amour, je me mocque de toy,
Tu n'as rompu que ceux que j'avois près de moy,
Mais j'en ay de meilleurs dans les yeux d'Uranie.

XXIII

Si les nuicts sans sommeil, et les jours pleins d'esmoy,
Si les souspirs cachez, et les larmes secrettes
Sont les marques qu'Amour tient des âmes sujettes,
Il ne fut jamais rien d'amoureux comme moy.

Incrédule Beauté qui doute de ma foy
Après en avoir eu des preuves si parfaites :
Les yeux estans d'amour les plus seurs interprètes,
Voy-tu pas dans les miens l'amour que j'ay pour toy ?

Un fascheux poinct d'honneur coulpable de ma peine,
Qui me fait misérable, et te rend inhumaine,
Ne te permet de voir mes douleurs qu'à demy.

Au moins si par conseil tu veux m'estre contraire,
Ne prends point cet honneur, il est mon adversaire,
Tu n'en sçaurais avoir qu'un conseil ennemy.

XXIV

Insensible caillou dont les veines secrettes
Tiennent un feu caché, non pour toy, mais pour nous,
Qui rends estant pressé des flammes pour des coups,
Et n'es point eschauffé par les feux que tu jettes.

Ma belle ainsi que toy sous les douceurs parfaictes
Qu'elle a pour elle seule, a des rigueurs pour tous,
En luy monstrant mon mal j'excite son courroux,
Et n'a point de pitié des gehesnes qu'elle a faictes.

Pour vouloir de douleur mon esprit accabler,
Elle veut de tout poinct au mal te ressembler,
Mais le bien ne sçauroit en son cœur trouver place.

En froideur elle veut dessus toy triompher :
Car estant près du feu tu te laisse eschauffer,
Mais tant plus j'ay de feux, et plus elle a de glace.

XXV

On dict que l'Aigle en son aage nouveau
Pour donner place à des plumes nouvelles
Le plus qu'il peut s'approche du flambeau
Qui fait sur nous ses courses éternelles.

Demy bruslé par ses ardeurs cruelles
Il fond soudain dedans quelque ruisseau,
Où destrempant les tuyaux de ses aisles
Il perd en fin son plumage sur l'eau.

Ainsi mon cœur approchant de Ma dame
S'est eschauffé d'une si vive flame
Que dans mes pleurs il s'est précipité.

Mais dans ses pleurs il a perdu courage,
Voyant qu'en fin l'aigle a d'autre plumage,
Et qu'il ne peut r'avoir sa liberté.

7*

XXVI

Petits oyseaux avec qui je souspire,
Chers compagnons, en ce bois ancien,
Apprenez-moy comment un cœur peut bien
Souffrir le mal que mesme il ne peut dire.

En ma douleur à peine je respire,
Je porte un cœur qui ne peut estre mien,
Mourant captif j'adore mon lien,
Et vay courant à l'honneur du martyre.

Comme un agneau je me laisse immoler,
Je prends plaisir à mourir sans parler,
Rien que mes vers ne rompent mon silence.

O dur respect, fatal à mes ennuis !
Si je ne puis dire ce que je pense,
Pourquoy pensé-je à ce que je ne puis ?

XXVII

Des cheveux ondelez dont Amour fait ses rets,
Un front de majesté, de douceur et de grâce,
Un sourcil dont ce Dieu fait un arc pour sa chasse,
Un œil comblant l'esprit de langoureux projets :

Un nez où la nature a posé mille attraits,
Une joüe où l'œillet dans la rose s'enlace,
Une bouche de feu qui ne produit que glace,
Un sein pour qui l'amour fait aimer tous ses traits :

Un propos enchanteur qui fait languir les âmes
Et mille autres beautez ont allumé mes flames,
Et fait changer mes ris en souspirs ennuyeux.

Mais admirant tousjours ses beautez admirées,
Je suis comme un dragon sur les mines dorées,
Qui n'en peut recevoir plaisir que par les yeux.

XXVIII

Mes pleurs qui sur mon teint distilez si souvent,
Pensant caver le cœur de ma fière inhumaine,
Il vous faut mettre au rang de ces eaux d'Eurimène
Qui changent en rochers ceux qu'elles vont lavant.

Vous empierrez son cœur que je vais poursuivant,
Vainement je luy dis mon amour et ma peine,
Elle oyt tout sans l'oüyr comme une idole vaine,
Et laisse aller mes vœux sur les aisles du vent.

Hélas ! si vous avez ceste vertu cruelle,
Pourquoy ne l'avez-vous pour moy comme pour elle ?
Que ne m'empierrez-vous en coulant dessus moy ?

Mes pleurs, changez mon cœur, si c'est chose possible,
Et comme ma belle est insensible à ma foy,
Faictes que je devienne à ses feux insensible.

CHANSON

Que vous sert-il mon âme,
Pour vaincre ma flame
De chercher ma raison,
L'avez-vous pas perduë
Quand l'œil qui me tuë
Vous a mis en prison?

En vain loing de ma belle
Vous pensez rebelle
Adoucir vostre sort,
L'œil qui vous a surprise
Ne quitte sa prise
Qu'aux abbois de la mort.

Voyez, voyez, timide,
Sa flame homicide

Pourquoy la fuyez-vous,
Puis qu'en mourant par elle,
La mort est plus belle
Que le vivre n'est doux.

Vous aurez l'avantage
Que peut le courage
Avoir sur le malheur,
Quand au mal asservie
Vous perdrez la vie
Pour perdre la douleur.

Possible que vos larmes
Dompteront ses armes,
Et lors avec honneur
Une joye interdite
A vostre poursuite
Vous naistra par bonheur.

Ou si vostre mauvaise
Estatlit son aise
A vous voir tourmenter,
C'est encore un délice
Que vostre supplice
La puisse contenter.

CHANSON

Malheureux que je suis !
Au fort de mes ennuis
Continu'ray-je à desirer
Ces homicides yeux,
Qu'il semble que les Dieux
Font luire pour me martyrer ?
Que ne puis-je perdre le jour
Ne pouvant pas perdre l'amour.

J'ay beau quitter l'object
Qui m'a rendu subject,
Je ne puis quitter ma douleur,
Et pour fuir de ses yeux
L'ordonnance des Cieux
Ne me fait point fuir du malheur.
Car l'amour fait entretenir
Mon tourment par le souvenir.

Si la nature veut
Que personne ne peut
Sans cœur icy-bas demeurer,
Ayant perdu le mien,
Quand je me rendis sien,
Comment puis-je encor respirer ?
Mais las ! par miracle je suis
Seulement vivant aux ennuis.

Comme par la couleur
On cognoist la douleur
Qu'un malade peut endurer,
Mes souspirs et mes vers
De mes feux et mes fers
Peuvent tout le monde asseurer,
Fors un bel œil remply d'appas,
Qui les voit, et ne les croit pas.

Bel œil, fais moy ce bien
D'advouer qu'estant. tien,
Je souffre tous ces maux pour toy :
Ris-toy de mon trespas,
Puis que tu ne veux pas
Te plaire aux effects de ma foy.
Tu me verras bénir mon sort
De t'avoir peu plaire en ma mort.

CHANSON

Quelle raison vous porte à différer
Le bien qu'Amour nous fait tant desirer,
Et de nourrir tant d'amoureux appas
Pour nous blesser, et ne nous guarir pas?

Pourquoy l'Amour peut-il si peu sur vous,
Que pour un songe il perde tous ses coups,
Et qu'un honneur, un fantosme inventé,
Soit plus puissant que sa divinité?

Non, vous n'avez jamais cogneu l'Amour,
Jamais en vous il n'a faict de séjour :
Car son abbord auroit bien dissipé
Ces vaines peurs dont on vous a pippé.

C'est une erreur de croire que nos feux
Par un bon œil nous soient moins rigoureux,
S'il n'est suivy de quelque autre faveur,
Il ne sert rien qu'à nourrir la douleur.

Comme un estat se dissipe sans loix,
Et comme un feu ne peut durer sans bois,
Sans les desirs Amour meurt peu à peu,
Et sans jouyr il estouffe son feu.

Changez d'advis, laissez-vous allumer,
Ou m'obligez, ou cessez de m'aimer,
Puis qu'aussi bien avec tant de longueurs
Tous vos attraicts sont pris pour des rigueurs.

Me refusant ce que je veux de vous,
Il faut qu'Amour se bannisse de nous,
Et pour aimer comme nous sans effects
Il n'y faut point apporter tant d'attraits.

CHANSON

Dis-moy, belle mauvaise,
Mon bon-heur et mon mieux,
Peux-tu bien voir la braise
Qu'ont allumé tes yeux,
Sans apporter la paix
Aux troubles que tu fais.

Je veux bien qu'à tes flames
Rien n'aille résistant,
Bruslant toutes les âmes
Tu ne dois pas pourtant
Les donner au mespris
Quand ton œil les a pris.

Confesse au moins la force
Dont cet œil m'a ravy,
Regarde quelle amorce
Me retient asservy :
Et tu plaindras en moy
Le mal qui vient de toy.

8

N'est-ce assez que ta bouche
Ait causé ma prison,
Sans qu'encore farouche
Contre ma guarison
Elle perde en effect
Ce que tes yeux ont faict.

C'est trop, belle petite,
Change d'opinion,
Refusant au mérite
Donne à l'affection.
Et fais avoir la paix
Aux troubles que tu fais.

CHANSON

Amour où sont allez tes rets,
As-tu laissé perdre tes traits
    A mon besoin ?
Te servant avec tant de foy
Auras-tu tousjours pour moy
    Si peu de soin ?

Le seul object de mes travaux
Feint de mescognoistre les maux
    Que tu m'as faict :
Ses beaux yeux sont mes ennemis,
Et le bien qu'ils m'avoient promis,
    Est sans effect.

Non, tu n'es qu'un Dieu de rigueur,
Si tu ne fais tomber son cœur
    En mon lien,
Afin que comme il m'est fatal,
Il ne puisse guarir son mal
    Que par mon bien.

Il a trop longtemps rejetté
Mes vœux et ta divinité,
Pour recevoir
Quelqu'autre plus doux chastiment
Que celuy du mesme tourment
Qu'il fait avoir.

XXIX

On dict que le Soleil par estrange adventure
Voit sur le bord Indois où court l'ambitieux,
Un grand peuple sans bouche, et qui par sa nature
Ne sçauroit recevoir aliment que des yeux.

Comme luy par les yeux je prends ma nourriture,
Voyant une beauté qui charmeroit les Dieux :
Je suis aussi sans bouche en ma vive torture,
N'osant d'un seul souspir importuner les Cieux.

Mais en celant mes fers, et taisant mes douleurs,
Le silence peut-estre est cause de mes pleurs :
On ne peut descouvrir un tourment par le taire.

Faut parler pour guarir. Qu'en dis-tu mon esprit ?
Hélas ! je cognois bien par ton advis contraire
Que mon mal est trop grand pour pouvoir estre dit.

Absenté du bel œil dont j'adore les loix,
Et cherchant des forests le plus sombre silence,
Je pleignois mon exil d'une mourante voix,
Et contois aux rochers l'ennuy de mon absence.

Amour volant en l'air, cogneut bien qui j'estois,
Et vint pour apporter à mon mal allégeance.
Hélas! luy dis-je, Amour, je suis mort ceste fois,
Si je ne voy bien tost la beauté qui m'offence.

Prends tes feux en tes mains, allons nous deux la voir :
Je n'ay pas, dit Amour, maintenant ce pouvoir,
Car je n'ay point de feux, esloigné de ta Dame.

Ha! dis-je, pour cela je ne laisseray pas
D'avoir bien tost du feu qui m'esclaire en mes pas,
Je n'ay qu'à souspirer pour avoir de la flame.

Où te cacheras-tu, ma cruelle Uranie,
Quand le Ciel courroucé la terre enflamera?
Qui plaidera ta cause, et qui t'excusera
Des maux que tu m'as faict endurer en ma vie?

Tu me voudras nier ta longue tyrannie:
Mais mon cœur plein de traicts alors t'accusera;
Et monstrant ton portrait le Ciel te blasmera
D'avoir contre toy-mesme addressé ta furie.

Pour moy, sans tes beautez mon mal sera caché,
Leur force inévitable excuse le péché :
Mais si le Tout-puissant qui les âmes préside

A tout péché commis attache un chastiment,
Il faut que nous soyons punis également,
Moy comme un idolâtre, et toy comme homicide.

XXXII

Quoy donc tant de desirs, tant de peines souffertes,
Et tant de vœux offerts à l'œil qui m'a blessé,
Se verront mespriser, et mon cœur délaissé
Bruslera malheureux en des flames désertes.

Ouy, je prendray tousjours les armes descouvertes,
Comme Achile jadis par nature poussé,
Et ne lairray jamais d'un courage abbaissé
L'espérance du gain pour la crainte des pertes.

Possible mes desirs, mes peines et mes vœux
Pourront dedans moy-mesme allumer tant de feux,
Qu'approchant je pourray t'eschauffer de ma flame.

Lors consolé des maux que j'en auray soufferts
Je diray que ton œil favorable à mon âme
En un doux Paradis peut changer les enfers.

XXXIII

Sortez, souspirs, je vous donne congé,
Allez-vous-en trouver ma souveraine,
Faictes-luy voir la douleur inhumaine,
Que j'ay de voir mon amour négligé.

Faictes-luy voir ma langoureuse peine,
Mes pleurs, mes cris, et mon estre affligé,
Bref, que mon œil s'est faict une fontaine,
Et que mon cœur en un feu s'est changé.

Si vous voyez qu'elle ait quelques plaisirs,
A vostre abord, aussi tost, mes souspirs,
Entrez chez elle avecques vostre flame.

Mais si de vous se destournent ses yeux,
Volez-vous-en à l'instant vers les cieux,
Bien-tost après vous y verrez mon âme.

Ce n'est point ce Vulcan, dont la teste abbaissée
Est tousjours dans le feu, ny quelqu'autre des Dieux,
Dont Vénus ait conceu le Dieu malicieux,
Qui consomme le cœur, et trouble la pensée:

C'est plustost que Vénus un jour trop advancée,
Dans un bois tout remply de gens pernicieux,
Fut sans y prendre garde, et surprise et forcée,
Par des voleurs espris des beautez de ses yeux :

Par l'un d'eux, je le croy, l'Amour fut lors conceu,
Et croy qu'encore il a par nature receu,
Les humeurs de son père, et de sa tyrannie.

C'est pourquoy ce Dieu volle, et se plaist aux larcins
Et se sert seulement des attraits d'Uranie
Au lieu d'un bois obscur pour cacher ses desseins.

XXXV

Avant le sac de Troye on voyoit par les rues
Cassandre d'un long siège annoncer le malheur,
Sans qu'aucun des Troyens en peust prendre la peur,
Ny croire du destin les forces incognues.

Avant que ces beautez m'ay'nt esclaves rendues
Elle m'avoit prédict ma future douleur,
Sans que mon cœur ait peu ny croire avec bonheur,
Ny fuir avec raison ces peines attendues.

Le sort est tout pareil des Troyens et de moy,
Ils sont morts pour n'avoir à Cassandre mis foy,
Moy pour n'avoir pas creu la belle qui me tue.

Mais Cassandre et ma belle ont bien du contredict,
Car Cassandre périt en sa perte préveue,
Et ma belle triomphe au mal qu'elle a prédict.

XXXVI

Un jour Borée ayant faict tresbucher
Mille vaisseaux dans la mer escumeuse,
Dedans l'obscur d'une forest ombreuse
Treuva l'Absence auprès d'un vieux rocher :

Il laisse à part son froid pour l'approcher,
Et la treuvant assez peu desdaigneuse,
Il presse tant qu'il la rend amoureuse,
Et dans son lict luy permet de coucher.

En ceste nuict ils firent l'Oubliance,
Qui depuis a tousjours suivy l'Absence,
Et de Borée a gardé la froideur.

Hélas ! ma belle estant avec la mère,
Sçachant cela sa fille me fait peur,
Et crains encore la froideur de son père.

XXXVII

Jadis celuy de tous au mont Olympien,
Dont le char plus habile emportoit la victoire,
Eslevoit un trophée en signe de sa gloire,
L'enrichissant du prix qui venoit d'estre sien.

Moy captif et vaincu, mon cœur n'estant plus mien,
J'appends un beau trophée à l'autel de Mémoire
De souspirs et de vers afin de faire croire
Que mes feux et mes fers sont cause de mon bien.

Nous avons bien tous deux fort grande ressemblance,
Il vainquoit en chevaux, je surmonte en constance,
S'il avoit de l'honneur j'ay du contentement.

Mais faisant son trophée il avoit l'advantage,
De pouvoir publier sa victoire hardiment,
Et ma voix n'oseroit publier mon servage.

XXXVIII

Chacun des Dieux un jour vantoit ses plus beaux faicts,
Jupiter des Géans la cheute et la desfaicte,
Mars toute la Scythie à ses traces subjette,
Neptun de son Trident les vagabonds effects :

Bacchus des Indiens la fuitte et la retraitte,
Vulcan d'avoir Mars et sa femme en ses rets,
Apollon le serpent occis avec ses traicts,
Et Mercure d'Argus la surprise secrète.

Mais Amour en riant dit, j'ay plus faict que vous,
Car j'ay faict Uranie, et suis seur que de tous
J'auray quand je voudray par ses yeux la victoire.

Comme il eut dict ces mots, soudain chacun des Dieux
Luy dict, qu'il luy cédoit et le prix et la gloire,
Pourveu qu'il eust ce bien d'estre aimé de ses yeux.

Dieux ! que le Songe faict de travaux ressentir !
J'ay creu voir en dormant un jardin plein de roses,
Qui n'estoient point si tost apparemment escloses
Que mon œil les voyoit en soucis convertir.

J'ay creu voir deux soleils leurs rayons départir
Sur ces mesmes soucis, y faisant mesmes choses :
Car tous deux les faisoient dessécher au sortir
Et reverdir après quelques petites poses.

Une voix, ce me semble, au profond des déserts
Me disoit. Ce jardin est l'object que tu sers,
Ces roses sont le teint de ta belle Uranie.

Roses qui font produire et croistre tes soucis,
Soucis qui de ses yeux tous les jours esclaircis
Dans leur mesme tombeau soudain prennent la vie.

XL

En quel cahos me treuvay-je arresté !
Que j'ay de maux et que j'ay de délices,
Lors que ta bouche exerce ses malices
Ou que ton œil me faict voir sa beauté.

L'une faict voir que c'est que cruauté,
L'autre que c'est qu'attraicts et que blandices ;
L'une me chasse avec des injustices,
L'autre m'appelle avec de la bonté.

L'une en discours me transit et me gelle,
L'autre me brusle en une ardeur cruelle :
L'une me blesse, et l'autre me guarit.

Mais las ! je n'ay pas plus de grâce
D'un que de l'autre, et mon repos périt
Autant par feu comme il faict par la glace.

XLI

DIALOGUE

Pourquoy courez-vous tant, inutiles pensées,
Après un bien perdu qui ne peut revenir ?
Nous voulons rechercher tes liesses passées,
Pour en faire à ton cœur quelqu'une parvenir.

Quoy ? ne sçavez-vous pas, Chimères insensées,
Que d'un plaisir perdu triste est le souvenir ?
Ouy, mais on peut encor d'espoir s'entretenir,
Quand un peu les douleurs ont nos âmes laissées.

Hé ! pourrois-je espérer de jamais convertir
Le crime de ma belle en un doux repentir ?
La constance en amour faict d'estranges miracles.

Quoy donc, faut-il aymer ? faut espérer aussi,
Car les refus de femme ont l'effect des oracles
Qui jurez bien souvent n'arrivent pas ainsi.

9

XLII

Je voudrois bien estre vent quelquefois
Pour me joüer aux cheveux d'Uranie,
Puis estre poudre aussi tost je voudrois
Quand elle tombe en sa gorge polie.

Soudain encor je me souhaitterois
Pouvoir changer en cette toile unie
Qui va couvrant ce beau corps que je dois
Nommer ma mort aussi tost que ma vie.

Ces changemens plairoient à mon desir,
Mais pour avoir encor plus de plaisir
Je voudrois bien puce estre devenue,

Je baiserois ce corps que j'ayme tant,
Et la forest à mes yeux incognue
Me serviroit de retraitte à l'instant.

XLIII

Quoy ? que je n'aime point ce bel œil desirable
Qui remplit mon esprit de si douce langueur,
O Dieux ! pour éviter son traict inévitable
Il faut n'avoir point d'yeux, ou n'avoir point de cœur.

Il a tant de beautez, que mesme sa rancœur
Joincte avec son refus à mes yeux est aimable :
Et mon cœur qui se trouve en bute à sa rigueur
Supporte avec plaisir son mal insupportable.

Bon-heur de mon malheur, mon plus aimé soucy,
Est-ce pas vous aimer que vous aimer ainsi ?
Est-ce pas vous aimer que d'aimer mon supplice ?

Voyez donc, si vostre œil s'addoucissoit un peu,
Comment mon cœur seroit dévot en son service,
Puis qu'il vous aime tant au milieu de son feu.

XLIV

Lors qu'Uranie au monde fut cognue,
Et que ses yeux parèrent l'univers,
Phœbus au Ciel se couvrit d'une nue,
Et regarda ses beautez de travers.

Hélas! dit-il, je voy bien que je perds
Ma déïté si long temps retenue,
Car tout le monde adore la venue
D'autres soleils qui luy sont descouverts.

Alors Amour qui recognut sa crainte,
D'un doux sous-ris appaisa ceste plainte :
Phœbus, dit-il, ne crains aucunement :

Ceste beauté ne peut nuire à tes flames,
Car vous luirez au monde également,
Toy pour les corps, et ses yeux pour les âmes.

XLV

N'es-tu pas bien cruelle, en disant à toute heure
Que tu me veux du bien, puis qu'en ce mesme instant
Ton cœur se rit du mal que je vay supportant,
Et qu'encor sans secours tu consens que je meure ?

Quand tu me dis, Je t'aime, en ces mots je m'asseure,
Et l'Amour qui me suit pour un peu me quittant,
Va pour gaigner ton cœur en ta bouche sautant :
Mais n'y pouvant passer sur ta bouche il demeure.

Aussi fait-il parler ta langue seulement,
Car ton cœur sans amour aussi tost la dément,
Et fait qu'elle ne sert que de mauvais présage.

Elle vient flateresse au devant de mes maux,
Comme on voit en la mer mille petits oyseaux
Annoncer par leur chant la tempeste et l'orage

XLVI

Le feu devers le Ciel s'eslève incessamment,
Les eaux courent au sein de la mer poissonnière,
Et sans fin dessus nous la Lune avec son frère
Reversent l'eau qu'ils ont tiré subtilement.

Les arbres qui de terre ont leur accroissement
Par le temps ou par feu retournent en poussière :
Et mesme ce grand Tout fait d'un rien seulement
Ne sera plus qu'un rien en son heure dernière.

Enfin tout icy bas retourne dont il vient,
Et par ce seul retour le monde s'entretient :
C'est donc avec raison, ma cruelle Uranie,

Tes yeux ayant causé mes ardeurs peu à peu,
Que mes vers provenus des ardeurs de mon feu
Retournent à tes yeux, dont ils ont pris la vie.

XLVII

Je me treuve semblable à la vieille Cumée,
Discourant des fureurs dont je suis agité :
Dans une antre effroyable elle estoit enfermée,
Je cherche des déserts la sombre obscurité.

L'ardeur d'un Apollon la rendoit animée,
L'ardeur d'un fol Amour ces vers a médité :
Je conte les secrets de ma flame allumée,
Comme elle les secrets de la divinité.

Chaque Oracle rendu la rendoit frénétique,
Chaque vers que j'ay faict m'a faict mélancholique :
Elle effrayoit le monde, à chacun je fais peur.

Bref que je luy ressemble hardiment je puis dire,
Si non qu'en certain temps elle estoit sans fureur,
Et que je suis tousjours en un égal martyre.

CHANSON

O Pensers adversaires
Dont Amour nourrit mes tourmens,
Que vos fins sont contraires
A vos commencemens.

Vous entrez comme traistres
En flattant mes esprits déceus :
Puis vous vous rendez maistres
Aussi tost que receus.

Mon cœur prompt à me nuire
Se laisse par vous abuser,
Aimant mieux me destruire
Que de vous refuser.

Hélas ! que dois-je attendre,
Puis que luy qui me doit sa foy
Au lieu de me deffendre
Se bande contre moy.

O Pensers adversaires,
Au moins en m'outrageant si fort,
Naissez comme vipères,
Et vivez par ma mort.

Je ne me sçaurois plaire
Qu'en la mort qui me va suivant :
Et puis vivre en misère
C'est mourir en vivant.

STANCES

Ombres qui dans l'horreur de vos nuicts éternelles
Gémissez sans repos vos fautes criminelles,
Quittez pour un petit vos manoirs gémissans,
Et venez asseurer qu'en sa pleine fatale
L'enfer n'a point de peine à mes peines égale,
Ny point de feux aussi comme ceux que je sens.

Toy qui brusle de soif dans les ondes fuitives,
La douleur ne tient point tes volontez captives,
Et tu peux desirer l'eau que tu vois courir :
Mais souffrant comme toy proche de mon remède
J'ay beau voir augmenter le mal qui me possède,
Je n'oserois pourtant desirer d'en guarir.

Toy qui tourne tousjours attaché de cent chaînes,
Mon cœur ainsi que toy demeure dans les gehesnes,
Nous endurons tous deux pour avoir trop osé,
Mais tu ne revois plus l'auctrice de ta peine,
Et moy je voy tousjours ceste fière inhumaine
Qui se rit devant moy du mal qu'elle a causé.

Toy qui de ton poulmon pais une aigle affamée,
Voy qu'Amour prend en moy sa proye accoustumée,
Et que j'ay plus que toy de renaissantes morts,
Car ton mal éternel tourne en accoustumance,
Mais tantost plein d'espoir, tantost sans espérance
La tresve de mon mal en accroist les efforts.

Vous qui de vaines eaux voulez remplir un crible,
Voyez que pour fleschir un esprit insensible
J'employe vainement des souspirs et des pleurs,
Mais encore avez-vous sur moy cet advantage,
Que l'enfer vous fournit des eaux pour vostre ouvrage,
Et rien ne m'entretient que mes propres malheurs.

Toy qu'un rocher tombant fait travailler sans cesse,
Voy comment cet espoir qui flatte ma tristesse
En moins d'un tourne-main se forme et se deffait,
Mais tes larcins t'ont faict coulpable de ta peine :
Et moy pour estre pris d'une belle inhumaine
Je porte un chastiment du péché qu'elle a faict.

Voilà comme un bel œil me sert d'une eau fuyante,
D'une rouë sans fin, d'un' aigle ravissante,
D'un crible et d'un rocher insensible à mes vœux.
Beauté qui me donnez ceste mort immortelle,
Plus que tous les destins vous rendrez-vous cruelle,
Et plus que tous ceux-cy seray-je malheureux ?

Quand les Dieux ont damné ces pauvres misérables,
Ils ont veu que deux maux estoient insupportables,
Chacun n'a que le sien, mais j'ay celuy de tous :
Comme plus que les Dieux je vous trouve puissante,
Retirez de ces maux mon âme languissante,
Pour damner et sauver il n'appartient qu'à vous.

STANCES

Je n'eusse jamais creu que parmy tant de flame
Un corps atténué peust retenir une âme
  Si long temps en prison :
Et qu'un attraict charmeur d'une beauté cruelle
Ayant causé son mal la peust rendre rebelle
  Contre sa guarison.

O Dieux ! combien de fois ay-je dict en moy mesme
Sentant croistre mon feu, qu'avant qu'il fust extrême
  Il le falloit dompter :
Mais comme au lieu d'esteindre un petit vent enflame,
Cet effort trop petit pour esteindre ma flame
  Ne la fait qu'augmenter.

Les desdains coustumiers de l'œil qui me possède
N'estoient que trop puissans pour servir de remède
  Contre leur cruauté,
Si mon astre fatal qui vers mon mal me pousse
Ne m'eust faict estimer ceste prison plus douce
  Que n'est la liberté.

Alors que le respect veut en moy trouver place,
Amour vient plus puissant qui le change en audace
      Avec un foible espoir :
Et me représentant l'image de ma Dame,
Je confesse que j'ay moins de mal à ma flame
      Que de bien à la voir.

L'ay-je veuë, aussi tost je retourne à mes plainctes :
Ses yeux en leur douceur n'ont pour moy que des feinctes
      Propres à m'enflamer :
Ma douleur est sans fin encor que je la voye,
Si ce n'est qu'il y ait quelque espèce de joye
      A souffrir pour l'aimer.

Si quelqu'un par raison veut consoler ma peine,
Insensible au discours sa raison tombe vaine
      Comme font mes souspirs :
Je me pais de poisons ainsi que Mitrydate :
Et bien que mon penser me caresse et me flate,
      Il fait mes desplaisirs.

Est-il donc autre enfer que celuy que je porte ?
N'ay-je pas en mon sein une gehesne aussi forte
      Que celles de là-bas ?
Si l'enfer s'entretient d'une flamme éternelle,
N'ay-je pas un brazier qui rampe en ma mouelle,
      Et n'y consomme pas ?

Absent j'ay cet'horreur dans les enfers descrite,
Un Phlégeton de feux, et de pleurs un Cocyte
    Qu'on ne peut espuiser :
Et si les Dieux sont sourds à l'âme criminelle,
Il semble qu'en priant j'incite ma cruelle
    A me tout refuser.

D'un seul point mon enfer de cet autre diffère,
C'est qu'il coule un ruisseau dans ce lieu de misère
    Qui fait oublier tout,
Et dans ce triste enfer où mon âme se treuve
D'un continu tourment ma mémoire fait preuve,
    Et rien ne la dissout.

N'ay-je pas bien raison de maudire ma veue
Qui m'a comblé le cœur d'une rage incognue
    Qui ne se peut guarir ?
Mais hélas, ô malheur ! mon destin me fait croire
Que mon mal n'est pas grand comme grande est la gloire
    Que j'ay de le souffrir.

STANCES

En vain vous me flattez ennuyeuses pensées,
Au lieu de me donner un plaisir attendu,
En me représentant mes liesses passées
Vous me donnez la mort pour avoir tout perdu.

Sortez de mon esprit, semences de tristesses,
Qui conspirez ma perte au lieu de m'obliger :
Si jamais le bon œil vous a faict mes hostesses,
Aujourd'huy le mespris vous force à desloger.

Mais allez en sortant au bel œil qui m'enflame
Luy conter que la mort est mon seul entretien,
Et que par sa rigueur Amour a dans mon âme
Presque en un mesme temps veu son tout et son rien.

Son tout pour ne pouvoir s'allumer davantage,
Et son rien pour me voir finir de jour en jour,
O Dieux ! s'il faut qu'Amour soit puny comme outrage,
Que l'outrage n'est-il excusé comme Amour.

Pensées, gardez-vous qu'une douce risée
Quand vous approcherez ne vous charme à l'abbord,
Mon âme en fut jadis tant de fois abusée,
Qu'elle prend tous ses ris pour présages de mort.

Dites si vous pouvez que mon âme asservie
D'un différent effort s'esbranle peu à peu :
Si l'absence est ma mort, la mémoire est ma vie,
Mais que je meurs en fin voyant mourir son feu.

Amour, je ne sçaurois qu'accuser ta malice,
Après m'avoir faict serf comme tu l'as voulu,
Tu me fais supporter un plus cruel supplice
Pour t'avoir obéy que pour t'avoir despleu.

J'ay refusé long temps d'adorer ce bel Ange,
Mais je le vis si doux alors qu'il me brusla,
Que je n'eusse pas creu qu'il eust peu faire eschange
Des douceurs qu'il avoit aux cruautez qu'il a.

C'est ainsi que trompeur tu nous mets aux tortures,
Cachant dessous des fleurs ton venin meurtrisseur,
Semblable aux Médecins qui sucrent leurs pillures
Pour nous faire avaller l'amer sous la douceur.

Au moins si la rigueur de mon Ange m'afflige,
Fais que par quelque espoir j'addoucisse mon sort,
Afin que si la feinte au sépulchre m'oblige,
Une autre feinte encor me console en la mort.

10

STANCES DE L'ABSENCE

En vain par les destins, redoutables enfers,
Vos cachots sont remplis de supplices divers
Pour punir les forfaits des criminelles âmes,
Estans comme elles sont absentes de leur Dieu,
Ceste absence les doit tourmenter en ce lieu
Plus rigoureusement que vos foüets ny vos flames.

Vos roües, vos rochers et vos coulantes eaux
Que des filles en vain versent dans leurs vaisseaux,
Ne peuvent approcher de ceste violence :
L'absence est le bourreau qui géhesne vos esprits,
Et si nous voulons croire aux plus doctes escripts,
Tous les maux de l'enfer ne sont rien qu'une absence.

Toute chose périt absente de son mieux,
La terre s'obscurcit quand le flambeau des Cieux
Lassé de son travail dedans l'onde se cache,
L'oyseau semble languir s'il ne peut plus voler,
Le poisson va mourant aussi tost qu'il prend l'air,
Et l'arbre ne croist plus dès l'heure qu'on l'arrache.

Tu confirme cecy, trop amoureux oyseau,
Qui d'un arbre séché fais un vivant tombeau,
Tu plore pour l'absence, et meurs encor pour elle :
Et vous, arbres muets, forests que j'aime tant,
Vos rameaux sans verdeur vont-ils pas regrettant
Les absentes douceurs de la saison nouvelle ?

Vous ruisseaux dont le bruict amoureusement doux
Semble parler d'amour au milieu des cailloux,
Ne souspirez-vous pas vostre source esloignée ?
Et vous, vent, dont l'effort semble esbranler les Cieux,
Est-ce pas pour chercher ces homicides yeux,
A qui le rapt rendit vostre amour tesmoignée ?

Comme tout icy bas n'est remply que d'amour,
Tout endure l'ennuy de l'absence à son tour,
L'un plus, et l'autre moins, à mesure qu'il aime :
Hélas ! je suis tesmoin de ceste vérité,
Car l'absence m'a mis en telle extrémité,
Que je ne me puis plus treuver dedans moy mesme.

Je cherche ma raison qui s'esloigne de moy,
L'absence d'un bel œil mon vainqueur et mon Roy
Absente aussi mon cœur qu'il a pris pour le suivre,
Et quand au souvenir mon bien je vay cherchant,
Ce mesme souvenir se monstre si meschant,
Qu'il me donne la mort en le faisant revivre.

Mais las ! en ceste mort je renais à tous coups,
Je vis de mes douleurs, et n'ay rien de si doux
Que l'aigreur que je souffre en mon obéissance,
Et pensant à mon mal, je m'y plais tellement
Que je fuy les pensers qui peuvent seulement
Destourner les douleurs que j'ay de mon absence.

Je m'addresse aux forests, et leur dis mes travaux,
Je me plains aux rochers, qui touchez de mes maux
Semblent plorer pour moy les eaux de leurs fontaines :
Et l'Echo qui respond aux voix de mon amour
Me dit que si je suis absent encor un jour
Je deviendray rocher endurcy par les peines.

Donc forests et rochers, Echo nymphe des bois,
Amour a-t-il jamais rangé dessous ses loix
Un Amant plus que moy de tout poinct misérable ?
Absent comme présent mon malheur est égal :
Absent, pour ne voir point cet œil qui m'est fatal,
Et présent, pour le voir tousjours impitoyable.

STANCES

J'iray donc insensé rechercher ma ruine,
M'esloignant d'un bel œil mon plus aimé soucy,
Et pourray dire adieu sans que dans ma poictrine
Mon cœur se mutinant ne me le dise aussy.

Quel contraire destin en rigueur tant extrême
Fait ainsi rebeller ma raison contre moy ?
Quel ennemy peut-il s'emparer de moy mesme
Pour rendre mon malheur plus puissant que ma foy ?

Mon œil veut le séjour, ma raison veut l'absence :
Contre mon propre gré j'abandonne mon mieux :
Et pensant esloigner le sujet qui m'offense,
Je le porte à mon cœur pour l'oster à mes yeux.

Que fais-je en m'esloignant ayant l'âme offensée
Du traict qui me blessa dès que je l'apperceu,
Sinon que commander à ma triste pensée
D'enfanter les douleurs que mes yeux ont conceu ?

Toutesfois il le faut, mon destin adversaire
Me dit que par raison je dois fuir sa beauté,
Ha raison que je sens à mon bon-heur contraire,
Pourquoy te bande-tu contre ma volonté ?

Pourquoy desire-tu qu'ores je me sépare
D'un œil que tu m'as faict adorer si souvent ?
Pourquoy me force-tu d'esprouver comme Icare
Une chose qui fait mourir en l'esprouvant ?

Amour, si les yeux sont interprètes de l'âme,
Fais-moy tant de faveur qu'au partir de ce lieu
Les larmes de mes yeux suffisent à Ma dame,
Sans que ma langue soit contrainte à dire adieu.

Et toy, cruel destin, qui veux pour me deffaire
Que contre mon desir je face cet effort,
Permets qu'en m'offensant moy-mesme pour te plaire
L'instant de cet adieu soit l'instant de ma mort.

Afin que le bel œil qui m'a mis en servage,
Me voyant le quitter et mourir, à l'instant
Dise que s'il n'a peu destourner mon voyage,
J'ay bien peu m'empescher de vivre en le quittant.

STANCES

Quoy, vous aimeriez mieux voir envoller mon âme,
Que du moindre baiser soulager mes douleurs ?
O Dieux ! s'il est ainsi, que n'estes-vous, Madame,
Aussi chiche envers moy d'attraicts que de faveurs.

Si vostre cœur peut estre à mes maux insensible,
Pourquoy sur vostre bouche avez-vous tant d'appas ?
Pourquoy ne faites-vous qu'il puisse estre possible
D'approcher ses beautez, et ne les baiser pas ?

D'un attraict si charmeur son corail nous attire,
Le son de sa parole est si délicieux,
Qu'il peut assujettir aux loix de vostre empire
Les cœurs qui ne sont pas encor pris par vos yeux.

Quand de quelque discours vous commencez la trame,
Tout le monde se sent en soy mesme troubler,
Et celuy justement se peut dire sans âme,
Qu'il ne la pert s'il peut vous entendre parler.

Mais vous estes cruelle en riant de nos larmes,
Et blasmant ce qu'Amour fait en nous peu à peu,
Pour vous convaincre aussi je ne veux que vos charmes,
Et ne veux que vos yeux pour raison de mon feu.

Vous-vous peinez en vain quand de raisons frivoles
Vous nommez un erreur le desir qui m'espoint :
Mon mal n'est point un mal qu'on guarit de paroles,
Et vaine est la raison pour moy qui n'en ay point.

Ou s'il m'en reste encor, je l'entends ce me semble
Qui parle à mon esprit, et qui luy dit tout bas,
Que voyant les attraicts de vos lèvres ensemble,
C'est estre sans raison que ne les baiser pas.

Ouy je les veux baiser, ces lèvres homicides,
Qui sçavent contredire et l'amour et la foy,
Assemblez-vous, desirs, venez estre mes guides,
C'est pour vous que je peine aussi bien que pour moy.

C'a mauvaise, il le faut, je veux prendre ma grâce
Du lieu qui me condamne à la mort si souvent,
O bons Dieux ! qu'est-ce cy ? je ne suis plus que glace,
Au lieu que je n'estois que braise auparavant.

Ha ! c'est, je le sens bien, mon sang qui se retire
A mon cœur qui vient d'estre attaint de nouveaux coups,
Ou mon âme qui vient sur mes lèvres me dire
Qu'elle me veut quitter pour se donner à vous.

Mais je voy que vos yeux de peur que je ne meure
La forcent de r'entrer pour la r'enflammer mieux :
Suis-je pas malheureux d'estre en une mesme heure
Gellé par vostre bouche, et bruslé par vos yeux ?

Suis-je pas malheureux de voir mes adversaires
Contracter une paix aux despens de mon bien,
Et la glace et le feu de tout temps si contraires
S'accorder pour me perdre, et me réduire à rien ?

Au moins que l'un des deux emporte la victoire,
Et que je sois vaincu par l'un ou l'autre effort :
Si je meurs, ce sera changer avecques gloire
La douceur de la vie à l'honneur de la mort.

Mais si je meurs aussi pour vous croire trop belle,
Et pour trop estimer l'honneur de mon tourment,
Faictes que ma mort soit une mort de Semelle,
Qui ne puisse venir que par embrassement.

STANCES

N'ay-je pas un esprit aussi plein d'ignorance
        Que d'amour et de foy,
De servir si longtemps avec persévérance
Une beauté qui n'a que des rigueurs pour moy ?

Tout ce que ses attraicts et sa grâce font naistre
        Sa froideur le destruit,
Et ses yeux ne font point plus de jour apparoistre,
Que sa froide rigueur fait paroistre de nuict.

Mais elle est toutesfois si desirable aux âmes
        Que son bel œil a pris,
Que ceux mesme qui plus font estime des flames
Ne sçauroient point avoir ses glaçons à mespris.

Son œil est plein de feux, son cœur est plein de glace,
        De haine et de rigueur,
Mais son œil est si doux, et si parfait en grâce,
Qu'il nous force d'aimer le deffaut de son cœur.

Quelle amère rigueur, quelle dure contrainte,
      Qu'après m'estre soubmis
A deffendre à ma bouche et les cris et la plainte,
Je sois encor contraint d'aimer mes ennemis.

Hélas ! j'ay bien failly d'une extrême ignorance
      Qui n'a point de milieu :
Mais je ne pouvois pas croire avec apparence
Que la haine et l'amour vinssent de mesme lieu.

Je la jugeay si belle et si douce en ses charmes
      Avant qu'estre en prison,
Qu'Amour n'eut point besoin d'aucune de ses armes,
Et ne prit que mes yeux pour m'oster la raison.

Mais j'ay bien veu depuis au cours de mon servage
      Que j'eusse bien faict mieux,
Avant que m'embarquer à l'aimer d'avantage
De croire à son discours pour descroire à mes yeux.

Elle m'avoit bien dict qu'elle estoit insensible
      A l'amour qui m'espoint,
Mais je n'eusse pas creu qu'il eust esté possible
D'allumer tant de feux, et ne s'eschauffer point.

L'Amour se joint encor à ses froideurs mortelles
      Pour agir contre moy,
Et le mal qu'il devroit ne donner qu'aux rebelles
Il me le fait souffrir pour avoir trop de foy.

Belle, si la froideur qu'on voit en vostre face
    Ne veut changer un peu,
Ou prenez de mon feu pour fondre vostre glace,
Ou donnez des glaçons pour esteindre mon feu.

Ou bien permettez qu'en ma peine cruelle
    Je souspire vos coups,
Car mon œil vous voyant et si douce et si belle,
Ma raison me contraint de n'aimer rien que vous.

ODE I

Maintenant que le tour du temps
Renouvelle par le Printemps
Des ans la tournante vieillesse,
Et que par les douces chaleurs
Le Ciel se remplit d'allégresse
Et la terre accouche de fleurs.

Maintenant qu'en ce renouveau
Près le murmure d'un ruisseau
Les tourterelles amoureuses
Bec à bec vont entresucçant
Par cent reprises langoureuses
Ce qu'Amour a de ravissant.

Maintenant dis-je, que Vénus
Avec des charmes incognus
Semble rajeunir tout le monde,
Et que les vents les plus fascheux
Faisans la paix avecques l'onde
Ont faict leur retraitte chez eux.

Belle cause de mes langueurs,
Change l'hyver de tes rigueurs
En un doux printemps de délices,
Et que tes yeux pleins de douceur,
Autrefois autheurs de supplices,
Le soient maintenant de bon-heur.

Fais que pour mes maux appaiser
Nos âmes se viennent baiser
Dessus nos lèvres entr'ouvertes.
Et que mon premier désespoir
S'enfuyant entraine mes pertes,
Sans jamais se faire revoir.

Regarde bien qu'en ces beaux jours
La terre est couverte d'amours,
Et les arbres d'un beau fueillage :
Mais qu'aussy l'hyver arrivant
Par sa froideur il les outrage,
Et les emporte par le vent.

De mesme ces jeunes beautez,
Dont les Dieux mesmes enchantez
Adorent les traicts redoutables,
Seront par la course des ans
En hyvers aussi mesprisables
Que désirables au printemps.

Cet œil si beau se cavera,
Ce beau teint se replissera,
Et ceste bouche si vermeille
Qui tire tous les cœurs à soy
Par l'effect du temps qui sommeille
Ne servira plus que d'effroy.

Que si le temps peut rapporter
Tout ce que l'hyver peut oster,
Nous avons d'autres destinées :
Car les beautez estans un jour
Par la vieillesse moissonnées,
Impossible en est le retour.

Cet honneur que tu vante tant
Cause du mespris inconstant
Que ton œil fait de ma tristesse,
Seroit respecté par subject
S'il faisoit tant que la vieillesse
Sur la beauté n'eust point d'effect.

Mais il te vole avec le temps
L'usage de tes plus beaux ans,
Par luy ton bien t'est mesprisable,
Et rendant ton œil endormy,
Tant plus l'Amour t'est favorable
Plus ton cœur est son ennemy.

On dict que jadis Jupiter
Voulant l'insolence arrester
De l'Amour fait insupportable,
Fit cet Honneur pour l'outrager,
Non pas comme estant profitable,
Mais comme utile à se vanger.

Mais l'Amour qui voulut dompter
Ce monstre faict par Jupiter,
Et résister à sa puissance,
Prenant soudain pitié de nous
Fit naistre aussi tost le Silence
Pour le remède de ses coups.

Depuis cet Honneur a tousjours
Contredit les belles Amours
Avec une audace indiscrète :
Mais le Silence a tousjours faict
Que contre sa rage imparfaicte
Amour s'est rendu plus parfaict.

Aussi voyons-nous clairement
Qu'il est débile infiniment :
Car avec un peu de finesse
On le trompe de tant d'appas,
Que celle-là point ne le blesse
Qui feint bien ne le blesser pas.

Avec un silence on le peut
Abuser autant que l'on veut,
Le secret le rend sans offense :
Puis qu'il n'est donc que vanité,
Contente-le de l'apparence,
Et qu'Amour ait la vérité.

Donne à l'Honneur tous tes discours,
Conserve en ton sein les Amours,
Et ne crains point à leur entrée :
Tu ne feras point de forfaict.
Pourveu que ta bouche asseurée
Puisse nier qu'elle en faict.

ODE II

Amour, c'est en vain que l'on croit
Que par toy le monde s'agite :
Jamais si grand corps ne pourroit
Mouvoir d'une âme si petite.

Tu ne fus point des premiers corps
·L'essentielle intelligence,
Ils étoient en trop de discords
Pour estre accordez par l'enfance.

Tu n'es point cet esprit fatal
Qui des astres serre la bride,
Leur cours ne seroit pas égal
Ayant un aveugle pour guide.

Ce ne sont tes feux véhémens
Qui par les saisons peuvent rendre
L'âme mouvante aux élémens :
Les feux ne font que de la cendre.

Tu n'es point ce Dieu premier né
Qui mit en accord tout le monde :
Car ton traict n'est prédestiné
Que pour brouiller la terre et l'onde.

Tu n'es point ce victorieux
Qui fit mespriser le tonnerre
Au souverain de tous les Dieux,
Pour faire l'amour en la terre.

Car tu ne peux blesser le cœur
D'une beauté mon adversaire,
Qui tient d'un langage mocqueur
Ton flambeau pour une chimère.

Tu n'es plus ce Dieu, qui si fort
Embrasa Didon de sa flame,
Ny qui puisse vanter la mort
D'une Thisbé pour un Pirame.

Tu ne fais plus précipiter
Des Saphons ny des Alcyones,
Ny des Léandres contester
La rage des vagues félonnes.

Amour, tu n'es plus ce grand Dieu
Autrefois aux Dieux redoutable,
Mon infidelle tient ton lieu,
Car son œil est inévitable.

Il fait descendre icy les Dieux,
Attirez de si douces chaisnes,
Que par ses traicts victorieux
Il leur fait adorer leurs gesnes.

Il esmeut, esbranle, et soustient
Mille esprits par autant d'alarmes,
Et puis encor il les maintient
Par la puissance de ses charmes.

Mille Amans accablez d'ennuy
Souffriroient au dernier supplice,
S'ils pensoient que mourir pour luy
Ce fust un acte de service.

Bref cet œil est le mesme Amour
Qui vint de la fille de l'Onde,
Et qui peut s'il veut en un jour
Donner des loix à tout le monde.

ODE III

Je sçay bien, cruelle Uranie,
Qu'en vain je souspire mon sort,
Et que seulement par la mort
Je puis finir ta tyrannie.

Mais tes yeux que je voy
D'un autre que de moy
Bienheurer le servage,
Serviront de tesmoins,
Que qui t'estime moins
Tu l'aime davantage.

Celuy que tes mignardises
S'efforcent de s'obliger,
Ne peut quasi pas juger
L'honneur de ses entreprises.

Ingratte tu te plais
A donner des attraits
A son âme insensible,
Et sans amour pour toy
Il a ce que pour moy
L'Amour rend impossible.

Non, ce cher Amant que tu prise
Est de glace en t'offrant des vœux :
Car il auroit de mille feux
Desjà comme moy l'âme esprise.

Mais bien que les plaisirs
Devancent ses desirs,
Il est lent à poursuivre :
Et moy je ne crains pas
De courir au trespas
Pour l'honneur de te suivre.

Ton inclination contraire
Au souhait de ma passion
Joincte avec ma discrétion,
Vont conspirant pour me deffaire.

Mais encor que le mal
A mon cœur soit fatal
Par un sort lamentable,
Je me veux enflamer
Au desir de t'aimer,
Ne pouvant t'estre aimable.

Ma bouche n'aura plus l'audace
De te raconter mes enfers :
Je veux désormais que mes vers
De ma langue prennent la place.

Jamais d'un seul souspir
Ma bouche à mon desir
Ne donnera passage,
Et selon ton dessein
J'auray la mort au sein,
Et les ris au visage.

Triomphe en ton indifférence,
A chacun donne des faveurs :
Si j'ay de poignantes douleurs,
Encor plus j'auray le silence.

Non que je puisse voir
Qu'avec grand désespoir
Ceste action contraire :
Mais j'aimeray mon sort
S'il me donne la mort
Plustost que te desplaire.

STANCES

Arreste-toy tout court, Borée impitoyable,
Arreste-toy pour voir un Amant misérable
    En rocher transformé :
Et puis courant par tout d'une course éternelle
Raconte qu'il a pris ceste forme nouvelle
    Pour avoir trop aimé.

Si quelqu'un veut tenir ce conte pour frivole,
Et te dit qu'un rocher n'eut jamais de parole,
    Soudain sans te troubler
Responds-luy que Diane a rendu son Oracle
Dans un morceau de pierre, et qu'un mesme miracle
    Luy permet de parler.

Si l'on te dit qu'un roch ne va point par le monde,
Tu te souviendras bien d'en avoir veu sur l'onde
    Un voguer tout debout :
Et puis Amour a bien des chaisnes aussi fortes
Que celuy qui bastit une ville à cent portes,
    Qui les trainoit par tout.

Plusieurs rochs vont jettant des flammes dans les nuës,
Et font durant l'esté de leurs testes chenuës
    Distiler un ruisseau :
Me voyant souspirer et plorer à l'extrême,
Tu peux bien asseurer que j'ay dedans moy mesme
    Et des feux et de l'eau.

On voit le plus souvent que ces roches désertes
Sont de petites fleurs, et d'espines couvertes :
    Il se voit bien aussi
Depuis que j'ay receu l'Amour en ma poictrine,
Que je n'ay jamais eu le cœur vuide d'espine,
    Ny l'âme de soucy.

Donc avec vérité par tout tu pourras dire
Ce prodige qu'Amour a faict en son empire,
    Et qu'encore, ô malheur !
Ce Dieu qui rend en moy l'impossible possible,
Me transformant ainsi, m'a faict estre sensible
    A ma vive douleur.

Si tu vois la beauté contre moy conjurée,
Fais-luy tout ce discours, mais n'y sois pas, Borée,
    Trop longtemps arresté,
Car elle retiendra ton âme assubjettie,
Et tu voudras quitter ta première Orythie
    Pour servir sa beauté.

Tu ne verras que feux en l'œil de ceste belle
Tu ne verras qu'amours sur sa lèvre jumelle :
    Mais si tu viens plus bas
Tu trouveras un sein qui la neige surpasse,
Et sous ce sein un cœur aussi remply de glace
    Que son œil est d'appas.

Tu ne pourras jamais tant retenir ton aisle,
Qu'elle ne vueille un peu t'approcher auprès d'elle,
    Et lors avec douleur
Ses yeux te changeront d'effect et de nature,
Et tu ne seras plus un vent plein de froidure,
    Mais un vent de chaleur.

STANCES

Laissez couler, mes yeux, laissez couler vos pleurs,
Donnez nouvelles eaux à leur source lassée :
Mon cœur ouvrez la porte aux plus vives douleurs,
Ma sentence de mort vient d'estre prononcée.

Ceste belle qui tient mon esprit attaché
D'un lien qui me fait adorer mon servage,
Ose dire qu'aimer est commettre un péché,
Et qu'en la desirant j'ay commis un outrage.

Hélas ! si c'est pécher qu'aimer parfaictement,
Je suis d'un grand péché coulpable en ma constance :
Mais je tiens à faveur d'en avoir chastiment,
Et croy que c'est pécher d'en avoir repentance.

Je n'ay peu voir son œil sans en estre enflamé,
Il m'a semblé trop doux pour y craindre un supplice :
Mais en me punissant pour l'avoir trop aimé,
La cause de mon mal l'accuse d'injustice

Lors que ceste beauté me rendit son subject,
Ma raison préveut bien sa rigueur incognuë :
Mais je ne peus quitter un si plaisant object,
Ny plaire à ma raison pour desplaire à ma veuë.

Sans penser qu'elle deust avoir tant de rigueur
Je perdis sans regret ma liberté pour elle :
Mais bien qu'elle ait changé, je n'aime encor mon cœur
Que pour luy voir aimer son humeur infidelle.

Sa cruauté se cache en de si doux appas,
Que mon âme s'y voit de raison despourveue ;
Aussi pour en avoir il faut ne l'aimer pas,
Et pour ne l'aimer pas il faut estre sans veue.

Mon desir par luy mesme est toujours assailly,
Et comme utile il prend le sujet délectable :
Mais si pour trop aimer mon desir a failly,
Je treuve ma créance encore plus coulpable.

Ma créance a voulu que mon esprit suspens
Ne craignist point de banc sous un si doux Neptune :
Mais mon cœur qui pâtit sent bien à ses despens
Qu'un bel œil estant bon c'est un coup de fortune.

Beauté dont les attraïcts sont si délicieux,
Et les effects si pleins de douleur et d'offense,
Ne vous suffit-il pas de tromper par vos yeux,
Sans nous tromper encor avec nostre créance.

Vos yeux en leurs regards promettent que le temps
Doit de mille faveurs bienheurer nos servages :
Mais ils ne sont en fin que chaleurs de printemps
Qu'on voit en moins de rien se tourner en orages.

Quel sujet avez-vous de vouloir chaque jour
D'un discours courroucé vous rendre si contraire?
Est-ce pour nous monstrer que blessant par amour
Vous sçavez encor mieux offenser par colère?

Je ne le sçay que trop, mauvaise, c'est assez,
Regardez par vos yeux les maux qu'ils ont sceu faire,
Ou bien accordez-moy la mort, si vous pensez
Que la mort de mon feu doive estre le salaire.

Augmentez mes ardeurs, consommez peu à peu
Celuy qui ne doit plus autre remède attendre :
Possible refusant du secours à mon feu
Que vos yeux verseront des larmes sur ma cendre.

Ou bien ne pouvant plaire, et ne pouvant mourir,
Au moins permettez-moy qu'en souffrant je souspire,
Mes brasiers sont trop grands pour les pouvoir couvrir,
Et malgré mon respect ma douleur les veut dire.

STANCES

O Bois qui du Soleil accusez l'impuissance,
Recevant de ses traicts la chaude violence
        Sans en estre percé :
Que n'ay-je comme vous fortifié mon âme
Pour recevoir les coups du bel œil qui m'enflame
        Sans en estre offensé ?

Que n'ay-je comme vous une écorce sauvage
Insensible aux douleurs comme vous à l'outrage
        Des hyvers ravissans :
Mais, ô Dieux ! suis-je pas de matière insensible,
De ne point consommer en l'ardeur invisible
        Des brasiers que je sens ?

O Bois, hoste sacré des Dieux et du silence,
Souffrez que je souspire icy la violence
        D'une fière rigueur,
Bien qu'on n'allège pas par les cris un martyre,
C'est tousjours un bon-heur quand la bouche peut dire
        Ce que souffre le cœur.

Ha! je voy bien desjà vos oyseaux qui s'assemblent
Pour plaindre mes douleurs : mais hélas! qu'ils me semblent
Heureux en ceste loy,
Ils esteignent leur feu dès l'heure qu'il s'allume,
Et l'Amour n'eut jamais pour eux tant d'amertume
Comme il en a pour moy.

La Fortune et l'Amour s'accordent pour leur plaire,
Mais si l'une me nuit, l'autre est mon adversaire,
Et jure mon trespas :
Et la beauté qui m'est aux yeux si desirable
De ma vive douleur croit n'estre point coulpable
Pour ne l'advouer pas.

Son œil qui m'a vaincu néglige sa victoire,
S'il voit mon desplaisir il feint ne le pas croire,
Et s'en rit dans le cœur :
Et disant que je suis blessé par innocence,
Il me fait en un coup admirer sa prudence,
Et maudire sa rigueur.

Que je serois heureux si la belle farouche
Qui m'a causé mon mal me disoit de sa bouche,
Vien mourir devant moy :
Je luy ferois paroistre en mourant d'allégresse,
Que quand on ne sçauroit vivre pour sa Maistresse,
Il faut mourir pour soy.

STANCES

Quel lieu vous tient cachez, nourrissons de ma flame
Cependant qu'aveuglé je m'esgare à tous coups?
Si vous estes mon cœur, si vous estes mon âme,
Comment puis-je estre en vie, et séparé de vous?

Beaux yeux, mon cher soucy, dont j'adore les charmes,
Si vous me vistes bien en partant de ce lieu,
Vous vistes bien mes yeux se couvrir de leurs larmes,
Pour ne point voir mon cœur qui leur disoit adieu.

Depuis si j'ay vescu, j'ay vescu par miracle,
Ou bien j'eus en naissant plus d'un cœur par le sort,
Non pour pouvoir jamais croire à plus d'un oracle,
Mais pour pouvoir vivant souffrir plus d'une mort.

Si mon œil en pensant alléger mes supplices
S'est quelquefois tourné vers quelqu'autre beauté,
Ce que ce téméraire a choisi pour délices
Mon souvenir l'a pris pour une impiété.

Puis j'ay dict aussi tost, Si les flammes si belles
Du Soleil que je sers nous monstroient leur clarté,
Tous ces yeux ne seroient près d'eux que des chandelles,
Dont l'esclat ne se voit que par l'obscurité.

Mais quand je contemplois en ceste troupe mesme
Quelqu'un à sa moitié ses douleurs racontant,
Mon cœur triste et jaloux s'affligeant à l'extrême
Demandoit à mes yeux des larmes à l'instant.

J'ay passé maintes nuicts à me plaire en ces larmes,
Ne trouvant rien plus doux ny plus délicieux,
Pendant qu'Amour faisoit la garde avec ses armes,
De peur que le sommeil ne coulast en mes yeux.

Mais si par fois ce Dieu pour t'aller voir (ma Belle),
Cessoit de me garder, pendant qu'il me quittoit
Il mettoit près de moy le Songe en sentinelle,
Qui m'offroit tes beautez, et puis me les ostoit.

O Songe, luy disois-je, ó Songe que j'adore,
Arreste pour un peu, pourquoy t'envole-tu ?
Puis je fermois les yeux pour resonger encore :
Mais estant sans sommeil ils estoient sans vertu.

Voilà comme j'ay peu profité de mes songes,
Et comme mes plaisirs se sont veuz emportez :
Mais las ! si mes plaisirs ont esté des mensonges,
Mes tourmens ont tousjours esté des véritez.

12

Mauvaise, c'est pour toy que ces peines j'endure,
Tu forme le dédale où je me vay perdant :
Mais si le Ciel m'a faict malheureux par nature,
Tu peux encor me rendre heureux par accident.

Toute seule tu peux à mon mal estre utile,
Tu peux guarir les maux que tu m'as faict souffrir :
Car tes blessures sont des blessures d'Achile,
Que l'autheur seulement a pouvoir de guarir.

STANCES DE L'AMOUR

Que nostre âme, ô bons Dieux, se destourne et s'oublie
Alors qu'elle se fait un Dieu d'une folie,
Qui desplace les sens, et la tient en prison :
Si l'Amour est un Dieu, que n'est-il sans enfance ?
Ou s'il est un enfant, que n'est-il sans puissance ?
Ou s'il est si puissant, que n'est-ce par raison ?

Chacun à son humeur luy façonne un visage,
L'un tout plein de douceur, l'autre bouffy de rage :
Mais chacun est d'accord qu'il se nourrit de pleurs :
Peut-il donc estre Dieu s'il a tant de malice,
Que de récompenser ses subjects de supplice,
Et du mérite mesme en faire des malheurs ?

Non, ce n'est point un Dieu, ce n'est qu'un nom d'excuse
Qu'emprunte folement un esprit qui s'abuse
A rechercher de l'aise où vole son desir,
Nom qui selon le temps sur ses lèvres se glisse,
Que son adversité fait un Dieu d'injustice,
Et sa prospérité fait un Dieu de plaisir.

Foible divinité, qui ne reçoit son estre
Que du bien ou du mal que le desir fait naistre,
Et qui sans nous en nous ne peut avoir de lieu,
Qu'à bon droict sur ton dos on a planté des aisles,
Ne pouvant commander qu'aux légères cervelles,
Dont la raison s'envole aussi tost que le Dieu.

On dict qu'aux ans premiers de l'enfance du monde,
Le Loisir se couchant dessus le bord d'une onde,
Prit à force Vénus qui cet Amour conceut,
Puis après que, voyant sa grossesse accomplie,
Vénus prit la Jeunesse avecques la Folie,
Qui comme sage-femme en ces bras le receut.

Aussi veut-il avoir les attraicts de sa mère,
Et veut que nous ayons l'oysiveté du père,
Autrement nostre cœur repousseroit ses coups :
Mais bien que par ces deux sa puissance soit forte,
S'il ne trouvoit encor la Folie à la porte,
A peine pourroit-il jamais entrer chez nous.

Mais hélas ! qui n'a point son âme ensevelie
D'attraicts, d'oisivetez, ou de quelque folie?
Qui n'a de l'un des trois un peu l'esprit taché?
Nos raisons sont souvent par les attraicts bannies,
L'oysiveté nous fait nos propres tyrannies,
Et la folie encor nous fait plaire au péché.

Quel que soit cet Amour, il a d'estranges forces,
Il fait de bien grands feux de petites amorces :
Et comme un feu s'accroist plus il trouve de bois,
Plus Amour a d'attraicts, plus il a de victoire,
Plus nous sommes oysif, et plus il nous fait croire
Que c'est aimer son bien que de suivre ses loix.

Mais alors qu'il a pris en nous quelque puissance,
Il destruit le repos dont il a pris naissance,
Et nostre aise périt en son accroissement,
Comme un ver qui naissant d'un bois par pourriture
Ronge le mesme bois, et s'en sert de pasture,
Apportant la ruine à son propre élément.

Tel ne pense à l'abbord de l'amour que s'en rire,
Qui se sent peu à peu glisser dans le martyre,
Puis l'espoir de guarir luy deffend de quitter,
Le temps perdu luy fait en perdre d'autre encore,
Comme un joueur qu'un feu d'avarice dévore,
Qui perd tout ce qu'il a pour vouloir s'acquitter.

Nous nous consommons lors en des plainctes extrémes,
Nos douleurs font changer nos souspirs en blasphèmes,
Nous détestons un feu par nous-mesme allumé :
Et si nous combatons pour vaincre sa malice,
Nous trouvons qu'il est faict de poudre et d'artifice
Qui ne s'esteint jamais qu'il n'ait tout consommé.

Que si notre raison veut par fois entreprendre
D'esteindre ce brazier dedans sa propre cendre,
Pensant chasser l'Amour elle oste son repos,
Si la raison le fuit, le desir le r'appelle,
Comme le bastelier mène à bord sa nasselle,
Encor qu'en l'y menant il y tourne le dos.

Les joyes de l'abbord soudain sont amorties,
Et les premières fleurs se tournent en orties,
L'Amour n'est à la fin qu'une fuitte d'Amour,
Et sa possession de la perte est suivie,
Semblable à cet oyseau dont si courte est la vie,
Qu'il naist, s'accroist, s'envole, et meurt en mesme jour.

Bref si l'Amour est Dieu, c'est un Dieu d'injustice,
Qui se plaist dans le sang, et de qui l'artifice
Sçait changer d'un instant les plaisirs en ennuy,
Devenant par rigueur aux cœurs insupportable.
Ha! qu'à mon grand regret j'esprouve véritable
Ce que mon désespoir me fait dire de luy.

ELÉGIE I

Où sont ces doux attraits, où sont ces bons visages,
Ces discours familiers qu'Amour eut pour cordages,
Quand pippeur il voulut ravir ma liberté?
Pourquoy les voy-je ainsi changer en cruauté,
Comme si tout l'honneur qu'ils eussent peu prétendre
N'eust point eu d'autre but que celuy de me prendre?
Inhumaine beauté qui me vas décevant,
D'autant que mon esprit mesprisoit si souvent
Les traicts, les coups, les fers, les flambeaux et la flame
Du Dieu que vous avez faict maistre de mon âme :
Vos yeux ont creu je croy que ceste liberté
Leur faisoit deshonneur s'ils ne m'eussent dompté :
Mais pourquoy donc ont-ils employé tant de peine
Pour captiver un cœur, si leur flame inhumaine
Veut le réduire en cendre après qu'elle l'a pris?
Si ce qu'ils ont gaigné leur peut estre à mespris,
Pour n'en avoir jamais de la gloire attendue,
Au moins qu'ils ay'nt du soin de leur peine perdue,
Ou bien qu'après m'avoir au servage rangé
Ils prennent du plaisir en mon estre changé.
Avant que de les voir je n'estois qu'inconstance,
Après les avoir veuz je meurs d'impatience

De mourir dans le feu dont ils m'ont enflamé,
Et par autre desir je ne suis animé
Que de leur faire voir que j'aime mon martyre
Plus qu'un oyseau les champs, ou qu'un Roy son empire,
Vous le sçavez, mauvaise, et voyez bien en moy
Des prodiges d'amour, de constance et de foy.
Cent fois je vous ay faict advouer à vous mesme
Mes feux, mes passions, et mon amour extrême :
Mais comme ce tyran qui fit mourir celuy
Qui l'avoit par ses vers faict plorer malgré luy,
Vous ayant malgré vous faict confesser ma flame
Vous avez redoublé les ardeurs de mon âme,
Non pas comme coulpable, ains comme malheureux,
Et sans autre raison que pour estre amoureux.
Encor, ô cruauté! pour vous penser deffaire
De donner à mes vœux un mérité salaire,
Vous feignez d'ignorer mon amour et mon mal,
Vous dites que je parle en terme général,
Qu'aux autres comme à vous je tiens mesme langage,
Que du premier object je me forme un servage,
Que changement de lieu m'est changement d'amour :
Bref vous ne me croyez qu'un esclave de Cour
Dont le langage seul monstre ma servitude,
Et qui sçait seulement aimer par habitude.
Hélas! si ce que j'ay n'est que feinte douleur,
La vérité doit estre un extrême malheur.
Non, non, vous desguisez vostre propre créance,
Mais vous ne sçavez pas le poids de vostre offense :
Car donner du poison disant que c'est du miel,

C'est tout ouvertement pécher contre le Ciel.
Pouvez-vous recevoir plus mauvaise habitude
Que celle qui vous peut tacher d'ingratitude,
Et nous faire advouer que vos plus doux appas
Sont seulement pour ceux qui ne vous aiment pas ?
Hélas ! si j'eusse peu tousjours aussi bien feindre
Que j'ay tousjours bien sceu vous aimer et vous craindre,
Si j'eusse peu cacher des glaces sous des feux,
Estant plein de mespris feindre d'estre amoureux,
Pour tout ressentiment n'avoir que des paroles,
Tenir tous mes serments pour jeux et pour frivoles,
Avoir des ris en l'âme et des larmes aux yeux,
Et trompeur d'un mensonge attester tous les Dieux,
Sans permettre à mon cœur de tant croire à ma veue,
Et sans voir ma raison de raison despourveue,
Je jouyrois au moins de ces douces faveurs,
De ces ombres d'amour, de ces attraicts trompeurs,
Dont vos yeux à l'abbord ont basty le dédale
Où je cours nuict et jour à ma perte fatale :
Et ne vous ayant pas par la feinte arresté,
Je n'aurois pas aussi perdu ma liberté :
Nous offririons tous deux nos vœux à mesme temple,
Je pourrois aisément changer à vostre exemple,
Je courrois comme vous après les fruicts nouveaux,
Et vous voyant sans feu, je serois sans flambeaux,
Ou bien possible encor par la force secrette
Du Dieu qui soubmet tout aux coups de sa sagette,
Vous auriez pris pour vous ce que j'ay pris pour moy,
Autant que j'eusse fuy les rigueurs de sa loy,

Autant il eust porté vos desirs à s'y plaire,
Car son feu s'entretient tousjours par son contraire,
Et lors sans vous aimer j'eusse acquis aisément .
Ce que je ne sçaurois acquérir en aimant.
Mais pour avoir aimé mes fers et mon cordage,
Pour n'avoir rien treuvé si doux que mon servage,
Pour avoir patient tousjours receu vos coups,
Pour n'avoir jamais rien adoré comme vous,
Pour avoir donné tout à mon amour extréme,
Et pour n'avoir voulu rien garder à moy mesme,
Vous avez faict changer en espines mes fleurs,
Et mes plaisirs plus doux en amères douleurs.
Le Soleil se haussant fait croistre la journée,
Mais mon amour croissante a l'amour terminée,
Son feu par son feu propre est maintenant esteint,
Et ce bel œil qui n'a jamais esté que feint,
Voyant ce que je suis perd toute la mémoire
De ce qu'il paroissoit paravant sa victoire :
Il estoit plein d'attraicts, il est plein de desdain,
Il estoit aussi doux comme il est inhumain,
Chacun de ses regards m'estoit une espérance,
Et maintenant chacun me meurtrit et m'offense,
Il est par mon amour contre Amour animé,
Je ne l'ay faict hayr que pour l'avoir aimé,
Par ma fidélité j'ay faict son inconstance,
Bref Amour par amour a perdu son essence.
O Dieux! quelle rigueur, que je souffre innocent
Le tourment qui devroit vous aller punissant
Et que pour vous aimer je souffre misérable

Les maux dont pour hayr vous vous rendez coulpable.
Au moins faisant le mal souffrez-en la douleur,
Ou si vostre péché doit tomber par malheur
Sur celuy seulement dont l'amour vous accuse,
Que son mal enduré luy puisse estre une excuse
Des plaintes qu'il vous fait, et que vostre œil plus doux
Se plaise en la douleur qu'il endure pour vous.

ELÉGIE II

Quoy vous changez ? et vostre cœur volage
D'un autre Amant peut aimer le servage,
Vous qui n'aguère à mes vœux résistant
Disiez avoir un esprit si constant,
Que si le monde estoit tout plein de flame
Il ne pourroit en eschauffer vostre âme :
Vous, dis-je encor, dont le bras envieux
M'a repoussé si loing de vos beaux yeux,
Quand transporté de mes ardentes fièvres
J'allois cherchant mon âme sur vos lèvres.
Ha ! qu'à bon droict quand j'approchay de vous
Presque enchanté par un abbord si doux
Mon cœur tremblant fit aussi trembler l'âme :
Puis que c'estoit le bon œil d'une femme,
Femme qui vit et sans Dieux et sans loy,
Qui ne cognoist ny l'amour ny la foy,
Que par le nom, la fable ou la devise,
Comme on cognoist ce qu'on fuit et mesprise
Tant de sermens sans raison parjurez,
Dont mes desirs sembloient estre asseurez,
A mon malheur me font bien apparoistre
Que vous juriez la foy sans la cognoistre.

Où sont allez ces souspirs décevants?
Ils sont je croy sur les aisles des vents,
Qui vont par tout racontant pour nouvelle
Que l'on ne peut estre femme et fidelle.
Hélas! pourquoy nous louez-vous si fort
Ceux dont l'amour ne finit qu'en la mort?
Pourquoy si fort prisez-vous la constance,
Les longs desirs, et la persévérance?
C'est estimer ce que vous n'avez point,
Ainsi qu'un pauvre en son malheur espoint
Prise en autruy la richesse incogneue,
Encor souvent se plaist-il en la veue :
Mais vous, bel œil, n'en faictes pas ainsi,
Car la prisant vous la fuyez aussi,
Et nourrissez la créance cruelle
Que c'est pécher d'estre femme et fidelle :
Que celuy-là qui peust nommer la foy
Du nom de femme, estoit bien hors de soy,
S'il ne vouloit nous monstrer en partie
De ces deux noms la grande anthipatie :
Et que la femme eust au nom seulement
Ce que son cœur n'avoit aucunement :
En nous bruslant elle nie sa flame,
Sa mesme bouche est sans adveu de l'âme,
Son œil nous trompe, et feint ne nous pas voir,
Elle n'a rien de moins en son pouvoir
Que les effects de ses feintes paroles,
Les plus grands Dieux luy sont vaines idoles,
Qui n'ont pouvoir sur sa légèreté

Q'autant que veut la seule vanité,
S'imaginant en effect estre telle
Qu'un fol Amour qui sans fin nous bourrelle,
Nous fait souvent luy conter en discours :
Bref elle feint ressentir mille Amours
Lors que ses yeux doucement nous enchantent,
Puis n'en ont plus quand nos âmes les sentent :
Que si l'Amour peut entrer en son cœur,
C'est seulement comme un songe mocqueur,
Qui pour un peu divertit sa pensée,
Et puis soudain sa flame est effacée
Sans que jamais elle dure en son sein :
Bref si ce Dieu s'affermoit à dessein
Dans le pourpris de ses ampoules claires
Qui vont naissant des pluyes ordinaires,
Il y seroit enfermé plus longtemps
Qu'il ne seroit en ces cœurs inconstans.
Mais las ! combien vainement je m'efforce
De l'accuser avec si peu de force,
De la convaincre, et si je la cognois
Pour ma partie et mon juge à la fois,
Combien ma plume en ces vers est coulpable,
Blasmant si fort un sexe inévitable,
Qui ne pouvant estre aimé par bonté
Se doit aimer par la nécessité.
Pardonnez-moy, bel Astre que j'adore,
Ce n'est pas vous qu'en ces lignes j'abborre,
Ayant le droict de souveraineté,
Vous pouvez bien changer à volonté,

Mais si vostre âme est d'une erreur attainte,
Permettez-moy que j'en face ma plainte :
Ou bien plustost arrestez vos beaux yeux
Dessus moy seul pour me r'enflammer mieux :
Cessez d'aimer ceste inconstance extrême,
C'est grand honneur de se vaincre soy-mesme.

ELÉGIE III

Quel nom vous donneray-je, amoureuses pensées,
Qui me représentez tant de joyes passées,
Tant de plaisirs receus, et tant de maux soufferts
Depuis que je suis serf des beautez que je sers?
Vous avez tant de miel avec tant d'amertume,
Vous sçavez tant blesser et guarir par coustume,
Que mon esprit douteux vous tient en sa douleur
Pour la mesme amertume et la mesme douceur.
Quoy de plus doux que vous, quand d'un trompeur image
Vous me représentez si souvent le visage
Où mon œil tout ravy treuva tant de beautez?
Quoy de plus doux que vous, quand vous me rapportez
Ces cheveux ondelez de la couleur de cendre,
Où l'Amour nous fit voir de quels rets il sçait prendre,
Ce front demy courbé, digne souhait des Dieux,
Dont la neige s'oppose aux flames de deux yeux,
Deux yeux, dis-je, où l'Amour comme un tyran domine,
Sans qu'il puisse pourtant passer en la poictrine :
Ce sourcil, ou plustost ce bel arc brunissant
Dont ce Dieu va les Dieux et les hommes blessant :
Ce beau nez esligné qui descend sur sa face
Ainsi qu'un petit mont de douceur et de grâce :

Ceste joüe d'œillets, et de rose, et de lys
Où mes desirs vivans meurent ensevelis :
Ceste bouche d'attraits et de charmes remplie,
Dont le seul respirer me captive et me lie,
Ce col un peu longuet arrondy doucement,
Admirable soustien d'un si beau bastiment,
Et ce beau sein douillet où l'Amour fait sa forge
Eslevant ses soufflets sur les monts de sa gorge,
Bref fut-il rien jamais de plus humain que vous?
Quand vous me rapportez ces aimables courroux,
Ces desdains sans desdain que ma belle inhumaine
Fit voir quand je luy fis le discours de ma peine :
Mais aussi fut-il rien jamais de plus amer,
Quand vous me tesmoignez que pour sçavoir aimer
Trop de beautez en elle, il faut hayr ma vie,
Qu'il faut souffrir mon âme aux douleurs asservie,
Sans espoir de fléchir son insensible cœur,
Qu'il faut que je me rie au fort de ma langueur,
Que pour la respecter ma douleur je luy cache,
Que je cèle mon feu de peur qu'on ne le sçache,
Qu'espérant, mon espoir soudain désespéré
N'espère point de tresve en mon mal enduré,
Qu'il me soit en ce mal défendu de me plaindre,
Qu'il faille d'un rival la mesdisance craindre,
Que le sujet du bien soit la cause du mal,
Que la veue et l'absence ay'nt un martyre égal,
Que mon cœur obstiné se plaise en ce martyre,
Et qu'il n'adore rien que ce qui luy peut nuire.
Fut-il, dis-je, jamais rien plus amer que vous,

13

Quand vous me rapportez que ces beaux yeux si doux
Partagent leurs faveurs avec indifférence,
Qu'autant gaigne auprès d'eux la foy que l'inconstance,
Que celuy qui feindra d'en estre retenu
Tant qu'il sera dernier sera le mieux venu,
Qu'ils font cas des esprits dont l'humeur vagabonde
Sçait bien tost publier ses feux à tout le monde,
Bref s'ils sont par amour d'un instant enflammez,
Mais aussi tost esteints comme ils sont allumez.
Hélas ! en tous les deux vostre effect est extrême :
Si par l'un vous plaisez, par l'autre à l'heure mesme
Vous ostez le plaisir, et d'un contraire effort
Vous nourrissez la vie, et conservez la mort.
Ainsi vous ressemblez à ces dents parsemées
Que Cadmus vit lever comme testes armées
Et sortans de la terre en soldarts convertir
Et puis aussi soudain r'entrer comme sortir :
Car me représentant les torts et les injures
Du bel œil qui m'a pris, ce sont dents et tortures
Que vous faites germer en mon cœur plein de feux,
Me rapportant aussy ces plaisirs langoureux
Que mon âme desrobe en l'honneur de sa veue,
Ce me sont des soldarts dont la rage incognue
Vient s'armer contre moy pour me faire advouer
Que j'ay souffrant du mal sujet de m'en louer :
Mais ces foibles soldarts, plaisirs suivis de larmes
Se destruisans l'un l'autre avec leurs propres armes,
Estans nez de mon cœur y meurent peu à peu
Dès qu'ils ont ressenty les ardeurs de mon feu :

Cependant mon desir entre ces deux demeure
Douteux s'il faut qu'il vive, ou bien s'il faut qu'il meure,
Et balance inconstant et mon pis et mon mieux,
Ainsi que Jupiter balançoit dans les Cieux
Au plus fort du combat la victoire incertaine
D'entre le ravisseur et le mary d'Hélène.
Ha! c'est trop m'affliger, pensées, je ne puis
Par vostre nourriture eslever plus d'ennuis :
Je ne veux plus de vous, sortez tost, mes pensées,
Qui causez tant de maux pour estre carressées :
Allez pour vivre heureux dessous une autre loy,
Je ne veux plus loger mes ennemis chez moy.

ELÉGIE IV

Qui ne seroit jaloux vous voyant tous les jours
Tenir la porte ouverte à nouvelles amours,
Repaistre mille Amans de mesmes espérances,
Donner à leurs desirs de mesmes asseurances,
Avoir plus de douceurs pour le moins amoureux,
Et plus aimer celuy qui fait de moindres vœux?
Qui ne seroit jaloux de vous voir à toute heure
Desirer que chacun pour vous souspire et pleure?
N'avoir autre plaisir qu'au nombre des Amans,
Chercher en leurs discours de faux contentemens,
Rire dans vostre esprit pour les entendre plaindre,
Et plus aimer celuy qui vous sçait le mieux feindre,
Ce n'est pas que fascheux je desire empescher
Les poursuittes de ceux qu'on voit vous rechercher,
Encor moins les plaisirs que vostre âme plus sage
Se mocquant de leurs fers reçoit de leur servage :
Je recognois assez avec quelle rigueur
Vos beaux yeux sont souvent desdis par vostre cœur,
Je recognois assez que ma flame allumée
Dans les autres par vous pour vous n'est que fumée.
Combien vous faites naistre et d'amour et de feux,
Et combien on vous offre et de cœurs et de vœux,

Sans que d'aucun desir vostre âme soit esprise :
Bref que vous sçavez bien prendre sans estre prise.
Mais je souhaitterois que vostre liberté
Eust au moins en son choix quelque but limité,
Que vous n'eussiez encor pas tant d'indifférence,
Et qu'ayant de l'amour il fust sans apparence :
Bien souvent le discours a plus scandalisé
Que l'effect amoureux d'un esprit advisé,
Et celle qui ne s'est jamais abandonnée
N'est sage qu'à demy quand elle est soupçonnée.
Et puis qui ne croiroit avec quelque raison
Que ceux dont vous voyëz les fers et la prison
N'emportent par le temps sur vous quelque victoire,
Assez donne d'amour qui son amour fait croire.
Vos yeux, me direz-vous, les acquièrent ainsi,
Mais vostre liberté les entretient aussi;
Et si l'attraict des uns vous fait gaigner des âmes,
De l'autre les attraits en font durer les flames :
Si vos yeux sont trop beaux pour n'estre point aimez,
Ils ont aussi chez eux trop de feux enfermez,
Pour ne point traverser jusques à la poictrine :
Mais si pour quelque Amant quelque ardeur vous domine,
Il n'est point de besoin de nous le faire voir.
Rangez cent mille cœurs dessous vostre pouvoir
Leur donnant s'il vous plaist de leurs maux allégence,
Il n'importe, pourveu qu'il soit sans apparence :
Non, je ne vous veux pas moins prompte à vous brusler,
Mais bien plus advisée à le dissimuler.
Amour n'est point péché joint avec le silence,

Mais s'il est descouvert, il est pris pour offense :
C'est un Dieu de secret, de ruse et de larcins
Qui n'apporte plaisir qu'en celant ses desseins,
Qui fait ses plus beaux jours des nuicts les plus obscures,
Son mystère reçoit les nombres comme injures,
Et veut que tous ses jeux et ses aimables tours
Se taisent d'apparence autant que de discours.
Je veux que ces Amans qui vous rompent la teste
De vos jeunes beautez n'ay'nt jamais fait conqueste,
Que leurs cœurs qui blessez vous suivent si souvent,
N'ay'nt peu rien emporter que des pleurs et du vent,
Ce n'est qu'une raison pour vostre conscience,
Mais non pas pour nos yeux ny pour nostre créance.
Qui croira que ces cœurs veulent tant endurer
Sans avoir eu du moins un sujet d'espérer,
Possible voyent-ils que vostre âme farouche
Porte les feux au cœur, et la glace en la bouche,
Et que si vous feignez un peu de cruauté
Bien tost vous changerez pour eux de volonté.
L'espoir naist de fort peu, de l'espoir la poursuitte,
Et la poursuitte encor tant de flames excite,
Que celle qui fuyoit se voit le plus souvent
Poursuivre celuy-là qui l'alloit poursuivant :
Assez d'autres beautez ne pensant que leur rire,
Au lieu de commander ont perdu leur empire,
Ont bruslé dans le feu qu'ils avoient allumé
Pour s'estre comme vous aux jeux accoustumé.
Quelle douleur j'aurois si je voyois, ma Dame,
Qu'un de ces cœurs de vent triomphast de ma flame :

Qu'à bon droict je serois contre Amour irrité
Si je perdois ainsi ce que j'ay mérité,
Et qu'un nouveau venu peust dresser un trophée
Des cendres qu'il prendroit en ma flame estouffée :
Leurs discours sont de feu, leurs douleurs sont des morts,
Ce n'est que passion, que rages, que discords :
L'Amour et vos beautez sont leur intelligence,
Leur bouche n'est que foy, que desir, que constance :
Mais ces feux de dehors n'entrent point au dedans,
Autant qu'ils sont aimez, autant ils sont ardens,
Au moindre mauvais œil ils dissipent leurs chaines,
Ils tournent en risée et leurs feux et leurs gesnes,
Et disent offensant la majesté d'Amour,
Que c'est estre ignorant que d'aimer plus d'un jour.
Voilà l'humeur de ceux pour qui vostre âme esprise
Fait gloire de languir, ou du moins qu'on le dise :
Voilà ces cœurs volans qui par contagion
De leurs légèretez ont vostre affection,
Cependant qu'en aimant et vos yeux et leurs charmes
J'employe vainement des souspirs et des larmes,
Espérant mériter avec fidélité
Tout ce que vostre humeur donne à la nouveauté :
Au moins si vous avez à bien-heurer une âme,
De ces chères faveurs que mérite ma flame,
Qu'elle ait ainsi que moy par ses desirs constans
Surmonté les desdains, les jaloux, et le temps.

ELÉGIE V

Sus, sus, brisons nos fers, c'est assez enduré
Au service d'un œil contre nous conjuré,
C'est assez estre esclave, et se plaire en sa perte,
Il faut fuir des prisons quand la porte est ouverte :
Sors donc meschant Amour, qui m'as tant outragé,
Va-t'en de mon esprit, je te donne congé,
Maintenant devenu plus sçavant et plus sage,
Deslié de mes fers je ris de mon servage,
Et me gausse moy-mesme, ayant contre raison
Si longtemps adoré mes fers et ma prison :
Que n'ay-je point cherché d'artifice et de peine
Pour m'acquérir le cœur de ma Belle inhumaine ?
Que n'ay-je point souffert sous l'espoir de guarir,
Et tant s'en faut qu'elle ait voulu me secourir.
Que les vœux que mon âme offroit à son mérite
Semblent l'avoir rendu contre moy plus despite.
Mais nous avons vaincu, la raison désormais
Chassera les douleurs de mon sein pour jamais :
Et ce nombre infiny d'amoureuses idées
Dont mes affections estoient souvent guidées,
Qui d'un charme incogneu m'ont esté décevant

Comme un songe trompeur s'envoleront au vent :
Ces mortels souvenirs des douceurs de ma Belle
Changez en repentirs ne viendront plus pour elle,
Et ce qui ne servoit à rien qu'à me punir
Ores ne servira rien qu'à m'entretenir :
Asseuré sur le port je riray des tempestes.
Cherche, jeune Tyran, cherche d'autres conquestes,
Mon cœur n'est plus à toy, je suis en liberté,
Ton empire en mon âme est du tout déserté,
Et n'y reste plus rien qu'une petite honte
D'avoir faict de tes feux autrefois tant de conte.
J'ay bien de la douceur à quitter ce bel œil,
Dont le flambeau fatal me traisnoit au cercueil :
Son image me plaist, et fais grand'résistance
D'acquérir pour le perdre une libre inconstance :
Mais comme bien souvent une amère liqueur
Allège bien la soif, et soulage le cœur
D'un Pélerin lassé : de mesme la tristesse
Que je souffre en quittant ma volage Maistresse
Soulagera l'ennuy de ma longue prison,
Que j'ouvre par les clefs d'une foible raison.
Hé quoy ? je verray donc autour de cette belle
Un amas de captifs qui souspirent pour elle ?
Je verray son bel œil se plaire à les flatter,
Et sa bouche d'amour leurs desirs arrester ?
Je verray mille Amans piller ses courtoisies,
Dérober des faveurs, donner des jalousies,
Et porteray la peine et le nom d'un Amant,
Sans oser desirer un seul contentement ?

Par la discrétion je perdray les délices,
D'autres auront le bien et j'auray les suplices?
Ha! c'est trop de mal-heur, il faut, il faut quitter
Ce que je ne sçaurois qu'avec peine arrester,
Aussi bien je ne suis, ny d'humeur, ny d'envie
De rendre mon amour d'apparence suyvie :
Je hay ces grands esclats, ces ostentations,
Ces parades de feu, ces vaines passions,
Qui sont moins dans le cœur que non pas sur les lèvres,
Qui des moindres accez se font de grosses fièvres,
Qui ne parlent qu'amour, encor qu'ils n'en ayent point :
Je suis en mon amour d'autre desir espoint.
Je prise plus que tout une flame enfermée,
Excessive en ardeur et petite en fumée :
Si je souffre du mal, je souffre sans parler,
Et ne tiens point l'amour plaisant sans le celer.
Mais que dis-je, ô bons Dieux! est-il en ma puissance
D'estre sans passion, encor que l'on m'offense?
Ha! je sens bien combattre et la haine et l'amour,
Chacune me pourmène et m'emporte à son tour,
Qui me vaincra des deux? Hélas! je puis bien croire,
Qu'encores mon Amour gaignera la victoire :
Son feu logé chez moy ne veut point desloger,
Encor que ma raison s'efforce à l'outrager :
Ce Tyran est trop fort et ma Nymphe trop belle,
Pour me permettre d'estre un momment infidelle :
Il faut doncques l'aimer et porter malgré moy
D'Amour et de ses yeux l'insupportable loy :
Le Taureau n'aime pas le dur joug qu'il supporte,

Je n'aime pas aussi la douleur que je porte,
Je fuis une inconstance et suis une beauté,
Fuyant l'esprit je suis par le corps arresté,
Je hay sa cruauté, j'aime sa bonne grâce :
La beauté de ses yeux me faict aimer sa glace,
Et si pour l'adorer je n'ay que des rigueurs,
Pour la penser hayr je n'ay que des langueurs.
Que n'est-elle, ô bons Dieux! ou plus douce ou moins belle?
Que ne puis-je estre aimé, ou bien vivre sans elle?
Ou bien voulant encor m'outrager de ses coups,
Que n'est-elle cruelle esgallement à tous?
Un autre comme moy reçoit place en son âme,
Et personne que moy ne brusle de sa flame :
Ou si quelqu'autre encor pour elle est engaigé,
Ce n'est qu'autant qu'il est par faveurs obligé :
C'est tout-un, je ne veux, ny ne puis m'en desdire,
Il faut mourir pour elle, et se plaire au martyre,
Il faut prendre en l'aimant plaisir à m'enflamer,
Ainsi qu'inévitable il me la faut aymer,
Et bien que ses rigueurs méritent de la haine,
Il faut pour ses beautez que j'adore ma peine,
Souffrant avec plaisir de me voir outrager,
Et mourant mille fois plustost que de changer.

ELÉGIE VI

Voicy des vers mourans et des plaintes de Cigne,
Qui sont de mon trespas et la borne et le signe,
Un cry de Philomelle, un langoureux ennuy
Qui prent son origine aux cruautez d'autruy :
Bref un funeste amas de souspirs que je pense
Par les loix du respect estre deubs au silence,
Que ma plume affoiblie envoye à ta rigueur,
Ma bouche ne pouvant en descharger mon cœur :
Mais las ! comme celuy qui cogneut dans la nuë
L'audace de son fils par sa perte advenuë
Par trois fois, mais en vain essaya de graver
De quel vol son Icare avoit peu s'eslever,
Sa main par la douleur demeurant amortie,
Ainsi desjà trois fois la mienne appesantie
Par le regret de voir mon Amour traversé,
Et mon espoir mourant en mes pleurs renversé,
A voulu cy devant mes supplices t'escrire,
L'absence et la douleur m'empeschant de les dire.
Mais en fin m'efforçant en l'exil où je suis,
Je t'escrits les douleurs que dire je ne puis,
Croy du moins que le traict dont mon âme est attainte,
Rend mon malheur trop vray pour mentir en ma plainte.

Croy que mes passions règnent dessus mes sens,
Avec un tel excez, que l'ennuy que je sens
Me laisse seulement des pleurs pour des paroles,
Et que mes premiers maux n'ont esté que frivolles,
Comparez avec ceux qu'en ce lieu déserté,
Je souffre pour avoir esloigné ta beauté.
Lieu, dis-je, où la douleur s'efforce à me desfaire,
Et faict qu'estant muet, je parle par mon taire.
Lis donc fière beauté, lis donc ces tristes vers,
Cependant que les vents portent par l'univers
Ton nom que si souvent je charge sur leurs aisles :
Ce n'est pas qu'aux discours de mes peines cruelles,
J'espère de fléchir ton esprit indompté,
Ny de voir ton desdain par mes pleurs surmonté,
Ils ont trop peu d'effect pour vaincre un cœur de roche,
Qui s'enfuit dédaigneux, autant comme on l'approche.
Mais je te veux monstrer qu'en ces bois ennuyeux
Mon cœur porte sur luy le péché de mes yeux,
Que mes feux à la mort me vont servir de guides,
Et m'offrir pour victime à tes yeux homicides,
Tant pour m'avoir jadis consommé de chaleurs,
Que pour me submerger maintenant dans mes pleurs,
Je te veux faire voir quels chaisnons me captivent,
Que mes yeux te quittant, mes pensées te suyvent,
Que je perdis mon cœur deslors que je t'aymé,
Qu'amour au lieu d'un cœur en moy s'est transformé,
Et que ce Dieu sorcier par miracle faict vivre,
Celuy qui ne pourroit à l'absence survivre,
Ayant causé mes feux, prens plaisir à les voir,

Cognoissant tes beautez, cognois-en le pouvoir,
Croy qu'amour ayant peu ma liberté contraindre,
Me forçant à souffrir me contraint à me plaindre,
Et permets que mes maux paroissent à tes yeux,
Tes yeux ne pouvant plus me paroistre en ces lieux.
Pleust aux Dieux qu'un momment ils peussent estre encore,
Présens en ces désers, où leur beauté j'adore :
Pleust aux Dieux, qu'un momment ils voulussent venir
Assister aux discords que faict mon souvenir :
Ils me verroient tantost au plus creux d'un bocage,
Le coude my-caché dans la mousse et l'herbage,
Soustenir de ma main mon front appesanty,
Comme par la douleur en pierre converty :
Et tantost contempler la gazouillante course,
D'un ruisseau dont mes yeux semblent estre la source.
Ils me verroient encor au silence des bois
Forcer les rochs plus sourds de respondre à ma voix :
Et les vents que par l'air ma douleur sçait attaindre,
Se changer en souspirs pour m'ayder à me plaindre :
Ils verroient pourmener un corps inanimé,
Qui hayt ses propres yeux pour avoir trop aimé,
Et qui ne sçait rien dire en sa douleur cruelle :
Sinon ces tristes mots, Où est mon infidelle ?
Ils verroient la douleur estre mon seul esprit,
Qu'encor cette douleur au remède s'aigrit,
Que je flatte insensé l'ennuy qui me bourrelle,
Et ne dis que ces mots, Où est mon infidelle ?
Ils verroient que je n'ay plus d'espoir en mon sort,
Si ce n'est espérer que d'attendre la mort,

Que j'abhorre la vie et veux mourir pour elle,
Ne disant que ces mots, Où est mon infidelle?
Ils verroient, dis-je, un corps animé de martyrs,
Un corps qui n'est vivant que par les seuls souspirs,
En qui par les destins la mort est immortelle,
Et ne dit que ces mots, Où est mon infidelle?
Croy-moy, mon cher soucy, que dans ces tristes lieux,
Ces rochers envieillis qui soustiennent les Cieux,
Ny ces arbres brisez par le poids de leur aage,
N'ont jamais veu d'Amant qui souffrist d'avantage :
Et si par le discours j'essaye à te monstrer
Les douleurs qu'en mon sein l'amour faict pénétrer,
Ce n'est pas pour en faire une parfaicte suitte,
Comme je ne sçaurois dire tout ton mérite,
Je ne sçaurois aussi dire tout mon tourment :
Tous deux sont infinis, et celuy seulement
Qui concevra combien les destins t'ont faict belle,
Sçaura combien absent ma douleur est cruelle :
Mais c'est pour donner air aux souspirs enfermez,
Pour monstrer à tes yeux comment ils sont aimez,
Pour te faire advoüer que mon amour extréme,
Encor qu'il soit haÿ se rend digne qu'on l'aime,
Qu'en moy-mesme estant mort, je ne vis plus qu'en toy,
Ou que je meurs martyre en mourant pour ma foy :
Bref qu'amour surmontant mes respects et mes craintes
Faisant mourir mon cœur faict vivre mes complaintes.

DISCOURS

Bel œil où l'Amour prend les traicts dont il m'offense,
Que tu me fais bien voir avec expérience,
Que ce Dieu ne veut pas de nous estre mocqué,
Que s'il est seulement par la bouche invoqué,
Ne tirant de nos cœurs pour un temps que des craintes,
Par contrainte en après il en tire des plaintes :
Bref, que voulant user de luy comme d'un jeu,
On n'y sçauroit gaigner que des traicts et du feu.
Comment eussé-je creu quand j'euz l'heur de cognoistre
Ta beauté qu'en un bal Amour me fit paroistre,
Que par un tel abbord ma débile raison
Deust se mener captive elle-mesme en prison ?
Comment eussé-je creu qu'une longue hantise
Peust insensiblement desrober la franchise,
Et que je peusse un jour me treuver arresté
D'un lien qui d'abbord n'estoit que liberté ?
Il me souvient encor des heures escoulées,
Nous pourmenant au frais des plus sombres allées,
Sans pouvoir recognoistre en ce doux entretien,
Que mon cœur me voulut quitter pour estre tien :
Il me souvient encor de ces coups ordinaires,
Que tant et tant de fois tes mains mes adversaires,

Ont frappé dessus moy, et de ses petits jeux,
Où bien souvent le sort favorisant mes vœux,
Me faisoit obtenir des baisers de ta bouche,
Qu'il falloit arracher de ton humeur farouche :
Je sentois bien de l'ayse en si libre action :
Mais estant sans desir j'estois sans passion,
Et demeurois content de voir mes destinées,
Me faire avec tant d'heur escouler mes journées,
Sans recevoir présent un extréme plaisir,
Ny sans avoir absent un extréme desir.
Mais depuis que l'Amour m'a faict voir sa puissance,
Depuis qu'il s'est lassé de mon indifférence :
Il m'a faict voir en toy tant de causes d'amour,
Que je croy que mes yeux ne voyoient pas le jour
D'avoir veu si long temps une si belle flame,
Sans l'avoir faict plustost adorer à mon Ame :
Et bien qu'en commençant à bien voir tes beautez,
J'aye aussi commencé de voir tes cruautez,
Je reçois tant d'honneur au sujet qui me tuë,
Que je m'estime heureux au mal-heur de ma veuë.
Toutesfois, ó regret! quand je vay recherchant
Ces délices perdus, quand je vay m'approchant
Des ombres esloignez, des libertez passées,
Lors que maistre absolu de mes libres pensées,
Tout seul je disposois de ma vie et de moy,
Sans avoir que mes yeux et mes desseins pour loy,
Je cognois que j'ay faict un dangereux eschange.
Hélas! combien de fois par une ruse estrange
Ay-je d'un autre Amour essayé de chasser

14

Cet Amour qui pour toy ne me veut point laisser?
Mais tout autant de fois qu'au mal qui me possède,
Mon âme a pour guarir essayé ce remède,
Autant, autant de fois j'ay recogneu qu'en vain
L'homme oppose sa force à celles du destin,
Et que celuy-là seul peut heureusement vivre,
Qui sçait bien disposer ses desirs à le suyvre.
Le Ciel veut que je t'aime, et mon cœur obstiné
Est content que pour toy le Ciel l'ait destiné :
Mais l'ayant réservé pour estre ta victime,
Son destin ne doit pas se punir comme un crime :
Car si son feu t'apporte un mescontentement,
C'est un péché du Ciel, non de luy seulement :
Que si le chastiment se rapporte à l'offense,
Je voy bien qu'il en fait desjà la pénitence :
Offensant pour aymer, il endure en aimant,
L'object de son péché l'est de son chastiment,
Et le Ciel veut encor avec de l'injustice
Que se plaisant au mal il se plaise au supplice.
Ton œil a bien peu voir combien j'ay combatu
Pour déceler l'ennuy dont j'estois abbatu,
Combien j'ay sceu plustost endurer que me plaindre,
Combien j'ay sceu mes cris d'un silence contraindre,
Combien j'ay sceu long temps luy cacher ma langueur,
Et combien j'ay celé les regrets de mon cœur,
Mais tant que le devoir a peu rendre enfermée
Ceste première ardeur, ce n'estoit que fumée
Au prix de celle-là, qui me brusle et me pert,
Et qu'en fin malgré moy ma bouche a descouvert.

Je me voy ce me semble, encor pasle et timide,
Commencer le discours de ma flame homicide :
Je me voy ce me semble encores tout tremblant
Te descouvrir l'ennuy qui m'alloit bourrellant,
Et pense voir encor ton bel œil plein de flame
Asseurer d'un sous-ris la crainte de mon âme :
Je l'apperceus, ma Belle, et je m'en souviens bien,
Que tu pris à plaisir de me voir estre tien,
Que mon amour te pleust, et qu'oyant mon servage
Plus gay qu'auparavant, tu fis voir ton visage :
Mais j'ay bien recogneu par mon mal éternel
Que tu ne me receus que par bon naturel,
Qui ne pouvoit permettre à ta beauté parfaitte
De rejetter du tout ma liberté subjette,
Soit par compassion de me voir plein d'esmoy,
Soit par un beau desir d'attirer tout à toy.
« Jamais une beauté ne se plaint d'estre aimée,
« Si ce n'est qu'il y aille un peu de renommée :
« Et bien qu'elle rejette et l'Amour et l'Amant,
« Elle en a toutesfois un vain contentement.
La bonté, la pitié, ou le desir d'accroistre,
Le nombre des captifs firent en fin paroistre
A mon œil tant d'appas, qu'en moy-mesme fasché
Je me voulois du mal de m'estre tant caché,
Et de n'avoir plustost osé dire ma flame
A celle qui sembloit en allumer son âme.
Bouche, mon seul desir, seul objet de mes vœux,
Bouche pour qui j'estime et respecte mes feux,
Tu me tins ces propos pleins de douceur extrême,

Je ne te sçaurois pas nier que je ne t'aime,
Ton mérite, ta flame, et ta discrétion
M'obligent de te voir avec affection,
Voire à chérir si fort le bien de ta présence,
Que ne te voyant point j'ay de l'impatience.
Qui n'eust esté charmé de ces charmans appas,
Qui n'eust point creu pécher de ne se donner pas
A celle qui sembloit avec ces mots, Je t'aime,
En recevant mon cœur se donner elle-mesme?
Mais las! à mes despens j'ay depuis apperceu
« Que tant plus on se fie, et plus on est desceu,
Que la bouche souvent parle autrement que l'âme,
Et qu'aimer c'est hayr en langage de femme.
Cruelle, à mon malheur, tu m'as bien faict sçavoir
« Que les plus grands périls sont ceux qu'on ne peut voir,
« Que les rochers cachez et les ondes dormantes
« Perdent plus de vaisseaux que les mesmes tourmentes :
« Bref que l'on ne sçauroit estre grand ennemy
« Si l'on ne sçait aussi bien feindre d'estre amy.
Qu'as-tu faict autre chose, inhumaine Uranie,
Sinon sous de beaux maux cacher ta tyrannie,
D'un visage d'amour me couvrir un rocher,
Pour m'y faire périr aussi tost qu'approcher :
Et me disant, Je t'aime, asseurer d'estre amie,
Pour m'estre par après plus cruelle ennemie?
Est-ce aimer quand tu dis qu'en aimant tu ne peux
Promettre ny donner les faveurs que je veux?
Que ton honneur l'empesche, et l'humeur insolente
Des hommes, qui n'a rien d'acquis qu'elle ne vante?

Cruelle invention d'une ingratte beauté,
Qui veut d'un poinct d'honneur masquer la cruauté :
L'honneur est au secret, l'honneur est au silence,
Et qui sçait bien celer ne commet point d'offense,
Et puis ne sçais-tu pas qu'autrefois les Romains
Sauvant un citoyen, et l'arrachant des mains
Des barbares vainqueurs, recevoient plus de gloire
Que d'avoir d'un combat emporté la victoire :
Accordant des faveurs à mon cœur esclavé,
Ce n'est pas seulement un citoyen sauvé,
C'est un cœur desjà tien, c'est une âme asservie,
Qui n'aimant rien que toy te demande la vie.
Quand à la vanité dont tu nous blasme tant,
Celuy qui dans les feux a vescu si constant ;
Pendant que douze fois passant les mesmes bornes
La Lune a veu remplir la voûte de ses cornes,
Pourroit-il vainement son plaisir déceler
Après avoir souffert tant de maux sans parler ?
Pourroit-il faire dire à sa langue insensée
Ce que mesme son cœur doit taire à sa pensée ?
Non, non, mon silence est ma plus belle vertu,
C'est aussi pour cela que tu m'aime, dis-tu,
Hélas ! mon desplaisir, et ma douleur extrême
Est qu'en me hayssant tu me dis que tu m'aime,
Pour aimer seulement ne vient pas mon soucy,
Mais il me vient d'autant que ton cœur m'aime ainsi :
Tu m'aime, et tu me peux voir languir au supplice,
Tu m'aime, et tu peux bien négliger mon service,
Tu m'aime, et tu peux bien consentir à ma mort,

Tu m'aime, et tu peux bien voyant mon triste sort
L'empirer de refus? jurer à ma constance
Qu'elle n'aura jamais de toy la jouyssance :
Et que quand je serois tout de feux et de foy,
Je n'aurois pas pourtant ce que je veux de toy.
O bons Dieux quel Amour : hé! qu'il a peu de force,
Puis que laissant le bois il s'arreste à l'escorce,
Puis qu'une opinion destourne son bon-heur
Et qu'il est effrayé d'un fantosme d'honneur.
Quel Amour, ô bons Dieux! puis qu'il faut qu'il fléchisse
Sous le pesant fardeau d'une telle injustice :
Rigoureux poinct d'honneur, injuste opinion,
Vous conspirez tous deux contre ma passion,
Par différents moyens vous causez mon supplice,
L'un se couvre de maux, et l'autre de malice,
Pour faire en mesme accord mesme mal à la fois.
Quoy? l'Amour peut-il bien souffrir que d'autres loix
En son empire mesme ay'nt rang de souveraines?
Humaines loix? hélas! mais plustost inhumaines,
Renversez-vous ainsi la puissance des Dieux,
Si le péché d'aimer est si délicieux?
Et si ne point pécher est si fort nécessaire,
Nature est imparfaicte alors qu'elle peut faire
Répugner son instinct contre les loix d'honneur :
Ou bien plustost ses loix sont pleines de rigueur,
D'offenser la nature, et la rendre subjette
A rejetter les feux dont elle est l'allumette.
Inhumaine beauté, tu veux bien que l'honneur
Ait la force qu'il a, ma cuisante douleur

Est tant indifférente à ton œil qui m'abuse,
Que cet honneur te plaist, puis qu'il te sert d'excuse.
Sus, sus doncques, il faut esloigner ta beauté
Par extréme regret mais par nécessité,
Il faut coupper le nœud qui m'estreint et me lie,
Et puis que tu le veux, il faut que je t'oublie.
Hélas! je ne sçaurois, Amour a tellement
En la personne aimée essentié l'Amant,
Que je ne puis jamais oublier ce que j'aime,
Que je n'oublie encor et mon cœur, et moy-mesme,
Et ne puis recevoir de résolution
Qu'à l'advantage seul de mon affection.
Demeure donc, Amour, éternel en mon âme,
Fais-moy tousjours aimer les beautez de Ma dame,
Et puis que la poursuitte et la retraicte aussi
Me sont également des causes de soucy,
Fais-moy suivre celuy de ces sujets contraires
Qui peut plus alléger mes douleurs ordinaires :
Car si c'est un malheur d'estre absent de son mieux,
C'est encor un malheur de voir tousjours des yeux
Résolus aux desdains, et remplis de tempeste :
Mais toutesfois, Amour, à ce poinct je m'arreste,
Qu'il vaut mieux les voyant endurer le trespas,
Que vivre malheureux en ne les voyant pas.

VŒU A L'AMOUR

Si tu fais tant, Amour,
Que de changer un jour
Les mespris de Ma dame,
J'offre à ta Déité
Tout ce que mon destin peut encore en mon âme
Garder de liberté.

Si mes vers et mes pleurs
Tesmoin de mes douleurs
Peuvent rien dessur elle,
Je veux estre engagé
De vivre pour jamais en la flame cruelle
Qu'elle aura soulagé.

Si tu fais que son cœur
Bannissant la rigueur
A mes feux soit sensible,
Et que par la grandeur
De tes flames qui font l'impossible possible
S'eschauffe sa froideur.

Je fais vœu de mourir
Plustost que de souffrir
Qu'autre beauté m'attire,
Et promets d'estimer
Moins la douleur qu'on souffre en un égal martyre
Que l'honneur de l'aimer.

Si nos deux cœurs contans
A l'envy contestans
Du nombre des délices,
Vivans en mesme loy
Peuvent jamais offrir de mesmes sacrifices
Sur l'autel de la foy.

Son œil, mes vers, et moy
Ferons craindre la loy
De tes feux redoutables,
Luy pour les allumer,
Eux pour en publier les effects véritables
Et moy pour les aimer.

FIN DES MÉDITATIONS

JOCONDE

Extraict de l'*Arioste*.

———

E. D. a son Uranie

Je ne te feray point d'excuse
De ce que ma plume s'amuse
A blasmer les femmes icy,
Ingrate et cruelle Maistresse,
Car tu me comble de tristesse
Pour n'en vouloir pas faire ainsi.

Je voudrois bien en mon servage
Que pour moy devenant volage,
Le change tu peusse advoüer,
Le voyant maistre de ton âme,
Autant que Joconde le blasme
Je me plairois à le louer.

Car par la vertu de ce vice
Je surmonterois la malice
De mes feux et de mon tourment,
Et publi'rois sans repentance
Que je n'avois de la constance
Que pour avoir ton changement.

A mon regret, ma toute belle,
Tu ne te rends que trop fidelle
A ton mary gardant la foy,
Je ne voudrois rien en ce monde
Sinon qu'au discours de Joconde
Il fust un peu parlé de toy.

Quitte donc ceste foy promise,
Ce n'est qu'une foy de devise
Qui s'interprète comme on veut :
Et puis le plaisir de ton change
N'amoindrira point ta louange,
Car pour un mary l'on le peut.

JOCONDE

Extraict de l'*Arioste*.

———

Vous qui mourez d'amour pour des feintes caresses,
Vous qui par le bon œil de vos jeunes maistresses
Laissez charmer vos sens avec tant de douceur,
Que vous tenez captifs vos chaînes à faveur.
Vous encor qu'en aimant Amour paist de supplices,
Entretenant vos feux d'espoir et d'artifices.
Venez voir en ces lieux les forces de ses traicts,
Et comme il a pour nous plus de morts que d'attraicts :
Venez voir que son feu qui doucement esclaire
Nous conduit au tombeau : bref que le Ciel contraire
Comme pour nous punir nous force d'adorer
Ce démon qu'il a faict contre nous conjurer.
Si nous croyons Joconde, il guarira nos peines,
Nous cesserons d'aimer ces fières inhumaines,
Dont l'amour est aux yeux, et les haines au cœur :
Nous apprendrons qu'il faut pour tromper leur rigueur
Feindre beaucoup de feux, avoir force paroles,
De geste et d'apparence en faire des idoles :
Mais qu'il nous faut tousjours garder la liberté.
Comme un contrepoison de leur légèreté.

Nous apprendrons encor qu'il ne faut jamais croire
Qu'une femme se plaise à chérir sa victoire,
Ains que son cœur volant veut changer chaque jour,
Remply de vaine gloire, et despouillé d'amour,
Qu'une seule icy bas constante ne demeure
Si ce n'est au desir de changer à toute heure,
Ou bien que si quelqu'une a de la passion,
Que c'est moins par amour que par occasion.

    Mais nous verrons aussi qu'une femme inconstante
Avec tant de douceurs et d'attraicts nous enchante,
Que celuy qui languit surpris en ses appas
En se voyant trompé jure qu'il ne l'est pas.

    C'est assez, j'entends bien Rodomont qui m'appelle
Pour me conter comment une jeune infidelle
Le vient d'abandonner pour suivre un autre Amant :
Il accuse le Ciel, contre luy blasphémant,
Et dit qu'il ne devroit souffrir que Doralice
Peust respirer encor après tant de malice :
Les cailloux endurcis respondent à sa voix,
Et rompt par ces sanglots le silence des bois.

    Sexe ingrat, ce dit-il, infidelle Protée,
Noir démon recouvert d'une forme empruntée,
Ennemy de l'amour autant que de la foy,
Que l'homme sous les Cieux seroit heureux sans toy :
Mille et mille douleurs à tes yeux recognues,
Mille captivitez, mille peines rendues
Ne peuvent arrester ton courage de vent :
Ingrate Doralice, hé ! pourquoy si souvent
M'as-tu dict que mon feu te rendoit languissante,

Pour me quitter si tost qu'un autre se présente ?
Tu n'as pas estimé Maudricard plus que moy,
Mais tu m'as faict cognoistre en me manquant de foy,
Que tu sçais bien cacher un glaçon d'une flamme,
Ou plustost que tu sçais comme il faut estre femme.
Hélas ! je cognois bien que les Dieux ont produict
Ton sexe pour voiler nostre jour d'une nuict,
Comme ils ont faict des ours, des serpents, des vipères
Pour estre exécuteurs de leurs justes colères,
Comme ils ont remply l'air de guespes et de thons
Pour les rendre ennemis des fleurs et des moissons.
Que nature n'a-t-elle accordé la puissance
Aux hommes de trouver en eux-mesmes naissance
Comme tant d'arbres font l'un dessus l'autre entez,
Et par nouveaux bourjons de nouveau replantez,
Sans nous forcer ainsi de naistre par les femmes ?
Semence des malheurs qui tombent sur nos âmes,
Et que ceste action fait tant glorifier
Qu'elles ont entrepris de s'en déifier,
Comme si des buissons ne naissoient pas des roses,
Et les fleurs n'estoient pas sur les fumiers escloses,
De leurs sales vapeurs prenant accroissement :
Mais las, qu'en mon malheur je me plains vainement,
Nature ne fait rien qu'avec erreur extréme,
Pour la seule raison qu'elle est femme elle-mesme.
  Ainsi dict Rodomont, et de rage animé
Il maudit ce que mesme il avoit plus aimé.
Mais bien qu'il soit du tout forcené de colère,
Ce sexe qui luy pleut ne luy sçauroit desplaire :

Et détestant ainsi sa volage rigueur,
Il fait parler sa bouche autrement que son cœur.
Cependant qu'il s'efforce en son ardeur extréme
D'alléger le fardeau qu'il porte dans luy-mesme :
La nuict au voile noir par tout envelopoit,
Ce que l'esclat du jour paravant occupoit,
Un hoste qui le voit à loger le convie,
Le descend de cheval, s'efforce et s'estudie
De le rendre content, mais son œil plein d'ennuy
Monstroit bien que son cœur n'estoit pas avec luy :
De penser en penser il pourmène son âme,
S'esloignant de luy-mesme il court devers sa Dame,
Le front tousjours en terre, et ne levant les yeux
Que pour les eslever d'un instant vers les Cieux :
Mais en fin souspirant après longue demeure
Comme en se resveillant il tressaut en mesme heure,
Et donnant à son dueil quelque peu de respit,
De toute la maison le silence il rompit,
Puis demande à son hoste et toute la famille
Ce que chacun pensoit de sa femme ou sa fille :
Tous d'un semblable accord luy dirent qu'ils croyoient
Chastes extrémement celles qu'ils possédoient
Fors l'hoste du logis, qui dit que la créance
Estoit libre à chacun, mais que la cognoissance
Qu'il avoit du contraire estoit la cause aussi
Qu'il les tenoit pour fols de les voir croire ainsi :
Car comme le Phénix, luy dit-il, est unique,
Un Oracle jadis dans le temple Delphique
Dict qu'en tout l'univers il ne pouvoit avoir

Qu'un homme à qui le Ciel eust donné ce pouvoir,
De n'estre point trompé des ruses de sa femme :
Chacun croit que c'est luy, chacun croit en son âme
Posséder ce bonheur, mais il n'est pas commun,
Puis qu'en tout l'univers il n'en peut avoir qu'un.
Jadis de cet erreur j'eus mon âme saisie,
De croire qu'une femme estoit bien en sa vie
Contente d'un mary : mais un Vénitien
Que le sort me fit voir m'apporta tant de bien,
Que par le vray discours de son expérience
Il tira mon esprit hors de ceste ignorance :
Car cet homme sçavoit tant de fraudes et bons tours
Que les femmes du temps inventent tous les jours,
Qu'il me fit confesser que si quelqu'une emporte
Le renom d'estre sage, il vient pour estre accorte
Et fine à bien sçavoir celer ce qu'elle a faict :
Mais entre les discours qu'il fit sur ce sujet,
Il luy pleut en souppant de conter une histoire
Qui fera la croyant que l'on ne pourra croire
Que dans un cœur de femme, encor que plein d'amour,
Sans miracle la foy puisse faire séjour.

   Astolphe, nous dit-il, celuy qui de son frère
Paravant enfermé dedans un Monastère
Eust le Sceptre Lombard, estoit en son printemps
Si remply de beautez, que le monde en son temps
N'en avoit point d'égal, et que mesme un Appelle
N'en eust pas sceu peindre un d'une forme si belle :
Mais si pour estre beau chacun le publioit,
Luy-mesme encore plus qu'un chacun le croyoit,

Et n'estimoit point tant l'honneur du diadème,
D'estre riche de peuple et puissant à l'extrême,
Comme il faisoit estat de sa rare beauté,
Bref il n'avoit jamais plus grande volupté
Que quand on estimoit les beautez de sa face
Entre ceux qu'il tenoit plus en sa bonne grâce,
Il aimoit chèrement un Cavallier Romain
Que Fauste il appelloit, qui tantost de sa main,
Tantost de son bel œil faisoit mille loüanges,
Exaltant sa beauté sur les beautez des Anges.

Un jour le Roy le prit, et s'enquit de nouveau
S'il avoit jamais veu quelqu'autre homme plus beau.
Fauste luy respondit, que selon l'apparence,
Et que selon ses yeux, il avoit la créance
Que fort peu le pouvoient en beautez esgaler,
Mais encor en ce peu qu'il ne pouvoit parler
Que de son frère seul portant nom de Joconde,
L'estimant estre seul qui l'esgalast au monde.

Ceste chose sembla comme impossible au Roy,
Et fit tant envers luy, qu'il luy donna sa foy
De luy faire venir ce Joconde son frère,
Une chose pourtant luy sembloit fort contraire,
C'est qu'il n'estoit jamais hors de Rome sorty,
Et qu'il avoit si fort l'esprit assujetty
Aux charmes décevans des attraicts de sa femme,
Qu'en l'esloignant c'estoit l'esloigner de son âme,
Bref qu'elle l'avoit sceu gaigner par tant d'appas,
Qu'il ne voudroit jamais ce qu'ell' ne voudroit pas.
Toutesfois à la fin tant par obéyssance,

15

Que par espoir futur de quelque récompense,
Il promet de le faire, et résout de partir
Pour faire à son dessein Joconde consentir :
Arrivé dedans Rome, il fait tant par prière
Qu'au desiré départ il résolut son frère.
Le jour est arresté sans mesme que sa sœur,
(Contre son jugement) fit voir trop de douleur.

    La nuict comme le jour, à toute heure et sans cesse,
L'œil tout remply de pleurs et l'âme de tristesse,
La femme de Joconde en soupirs s'exhallant,
Luy dit, qu'il causera sa mort en s'en allant,
Et Joconde en ses bras luy dit, Ma chère vie,
Je veux voir de cent morts mon absence suyvie,
Si mon esloignement dure plus de deux mois.
Le Roy me donneroit son sceptre mille fois,
Que je n'y serois pas un momment davantage :
Mais ce propos flatteur sa femme ne soulage,
Elle dit que c'est trop, et croit que son amour
Ne luy permettra pas de vivre à son retour :
Nuict et jour la douleur la presse sans relasche,
Elle fuyt la clarté, l'obscurité la fasche,
Et faict tant que Joconde est quasi sur le poinct,
Esmeu par la pitié de ne s'en aller point,
Mais pour l'avoir promis il ne s'en peut desdire,
Avec mille sanglots, enfin sa femme tire
Un collier de son col, où pendoit une croix,
Qu'un Pélerin Boesme avoit faite autresfois,
Et que son père avoit apporté d'un voyage
Fait en Jérusalem : Joconde prend ce gage,

Avec mille baisers cette croix il reçoit,
La passe dans son col, et luy dit qu'il n'avoit
Point besoin de cela pour se souvenir d'elle,
Dit que jamais le temps ny l'absence cruelle,
Voire la mort encor ne pourroient un seul jour,
Chasser le souvenir qu'il a de son amour.
La nuict de ce départ voyant plorer sa femme,
Il creut qu'elle vouloit par les yeux rendre l'âme,
Mourante entre ses bras, ce n'estoit que sanglots,
Et passa cette nuict sans prendre aucun repos.
    Le jour estant venu sa femme se recouche,
Après avoir tiré mille adieux de sa bouche,
Et luy se met aux champs. Mais il n'eust si tost faict
Mille pas de chemin qu'avec un grand regret,
Il cogneut que sa croix il avoit oubliée :
Hé, dit-il, qu'ay-je faict, que ma femme ennuyée
Me croira justement avoir peu de soucy
De ce qu'elle me donne en l'oubliant ainsi :
En fin pour s'excuser, vaincu d'amour extréme,
Il pense qu'il vaut mieux qu'il retourne luy-mesme,
Il commande à ses gens d'aller tousjours devant,
Et recourt dedans Rome, où peu auparavant
Il venoit de laisser son espouse esplorée,
A peine voyoit-on la perruque dorée
Du Dieu donneclairté, qu'il approche du lict
Où sa femme dormoit : mais hélas ! il y vit
Ce qu'il croyoit moins voir : car sous la couverture
Sa dormante moitié, lassée outre mesure
Du combat amoureux, estoit entre les bras

D'un valet qu'elle avoit faict mettre entre deux draps.
Joconde cogneut bien quel estoit l'adultère,
Pour estre en sa maison de tout temps mercenaire :
Et s'il fut estonné, et s'il eut promptement
Le cœur remply de rage en cet accouplement,
Celuy seul seulement en a la cognoissance,
Qui s'est veu recevoir une semblable offense :
Il s'arreste long temps sur ce couple odieux,
Et ne veut quasi pas pouvoir croire à ses yeux :
Par rage toutesfois il luy prent une envie
De leur oster d'un coup et l'amour et la vie :
Mais l'amour qu'à sa femme il portoit malgré luy,
Fit qu'encor pour oster ce langoureux ennuy,
Qu'elle auroit de se voir en cet estat surprise,
(Voyez comme à l'amour son âme estoit acquise)
Il ne l'esveilla pas, ains sortit doucement,
Laissant encor l'ingrate en son contentement :
Il remonte à cheval et le picque sans cesse,
Comme il estoit picqué de rage et de tristesse,
Et changea tellement, que mesme en sa couleur,
Fauste recogneut bien quelle estoit sa douleur :
Mais personne pourtant ne pouvoit recognoistre
Quel estoit son secret ne faisant point paroistre
Qu'au lieu d'aller à Rome il se fut encorné,
Chacun croit qu'il languit d'avoir abandonné
Sa femme toute seule, en ses larmes bagnée :
Mais c'est pour la laisser trop bien accompagnée.
  L'infortuné mary regarde seulement,
Avec un front ridé la terre incessamment :

Son frère le console en le voyant débile :
Mais la cause ignorant, sa peine est inutile,
D'un contraire remède il pourvoit au mal-heur,
Au lieu de le guarir il accroist sa douleur,
Et redouble ses maux en parlant de sa femme,
La douleur nuict et jour s'empare de son âme :
L'appétit de manger fuyt avec le sommeil,
Cette face et ce teint paravant si vermeil,
Se changent tellement qu'ils n'ont plus rien de reste :
Il semble que ses yeux se cachent dans sa teste,
Que sur son long visage et maigre et descharné
Son nez se soit accreu, son bel œil est tourné :
C'est une ombre de mort, et sa beauté perdüe
Aspire vainement à la gloire attendue :
A son deuil une fièvre arrive et prent son cours,
Qui le faict séjourner sur les champs quelques jours,
Et si de sa beauté luy reste quelque chose,
Elle fane soudain comme faict une rose
Long temps mise au Soleil : outre ce qu'il faschoit
Fauste, de voir Joconde en l'estat qu'il estoit,
Il se désespéroit, en pensant que son Maistre
Croyroit que de chansons il l'ait voulu repaistre,
Pour avoir des beautez promis à sa grandeur,
Et pour ne luy mener qu'un monstre de laideur :
Mais avant qu'arriver, il mande que son frère
Avoit eu le travail du chemin si contraire,
Qu'à peine encor vivant arriver il pourroit,
Et n'estoit plus celuy qu'autresfois il estoit.
Le Roy se resjouyt au retour de Joconde,

Pour n'avoir desiré jamais rien en ce monde
Avec si grande ardeur, comme de voir celuy
Qui vouloit s'esgaler en beautez avec luy.
　Comme il est arrivé, ce grand Roy débonnaire,
Luy donne en son Palais sa demeure ordinaire :
L'honore de présens, le flatte, le chérit,
Et des mets plus exquis voulut qu'on le nourrit.
Joconde pour cela ne peut hors de son âme,
Chasser le souvenir de l'acte de sa femme :
Les délices de Cour qu'il voit tousjours à l'œil,
Ne luy peuvent oster tant soit peu de son dueil :
Ains pour souspirer mieux ses douleurs prisonnières,
Il se retire seul vers des chambres dernières,
Où le sort luy fit voir, ô Dieux ! qui le croiroit,
Un mal qui le guarit du mal qu'il enduroit,
Vers un bout où la chambre estoit la plus obscure
Une cloison mal joincte avoit une ouverture,
Dont un petit rayon de clarté s'apperçoit,
Il y porte son œil, et s'approchant il voit
Chose qui ne pourroit quasi pas estre creue,
Et qu'il craignoit de croire encores qu'il l'eust veue
Ce trou le faisoit voir dans un lieu fort mignart
Où la Royne souvent voulant estre à l'escart,
Loing du bruit de sa Cour venoit par ordinaire :
Là clairement il vit cette Royne adultaire,
Avec un petit nain au combat s'attacher,
Et soudain à l'envers dessous luy tresbucher.
　Joconde s'arrestant croit qu'il resve ou qu'il songe,
Mais son œil luy fait voir que ce n'est point mensonge,

Puis à demy suspens il revient un petit,
Et dit dedans soy-mesme, ô Dieux ! quel appétit,
Qu'une Royne si belle, en grâces si féconde
Qui possède le cœur du plus grand Roy du monde,
Qui va par ses beautez des autels méritant,
Par la brutalité s'aille ainsi sousmettant
Sous un monstre noircy, racourcy de posture,
Monstre faict icy-bas en despit de nature.
Puis se représentant sa femme qu'il avoit
Tant de fois accusée au mal qu'il esprouvoit :
Il la trouve excusable en son erreur extrême,
La faute estant du sexe, et non pas d'elle-mesme :
Au moins, dit-il en soy, si la femme ne peut
D'un homme estre contente, et si le destin veut
Qu'elles ay'nt de cette huille une marque ordinaire,
Ma femme n'a pas pris un nain pour adultaire,
S'estant au mesme lieu remis le lendemain :
Il apperceut encor la Royne avec le nain,
Qui faisoient à leur Roy de semblables escornes,
Et luy couvroient le front d'autres nouvelles cornes :
Mais ce qui beaucoup plus estrange luy sembloit
Est que la Royne encor de son nain se douloit,
Disant qu'il n'avoit pas assez d'amour pour elle :
Encore une autre fois estant en sentinelle,
Il vit d'un œil plorant son visage troubler,
Pour avoir par deux fois son nain faict appeller,
Sans qu'il voulut venir, puis il ouyt encore
La servante qui dit, Madame, vostre More
Est en perte d'un sol, et dit tout renfrongné

Qu'il ne veut pas venir qu'il ne l'ait regaigné.

    A cest estrange aspect Joconde rassérène
Sa face auparavant de larmes toute pleine,
Il faict à son beau nom respondre les effects,
Son œil chasse ses pleurs et reprend ses attraicts,
Des douleurs aux plaisirs il faict un doux eschange,
Et redevient si beau qu'il est pris pour un Ange.
Si chacun desiroit de sçavoir la raison
D'où pouvoit procéder sa prompte guarison,
Il vouloit encor plus en descharger son âme,
Et raconter au Roy le forfaict de sa femme :
Mais il ne vouloit pas que vaincu de l'ennuy,
Il voulut tourmenter plus sa femme que luy :
Il luy fait donc jurer dessus la saincte Hostie,
Que pourquoy que ce soit qu'il luy monstre ou luy die,
Encor qu'il luy déplaise, et que directement
Le péché soit commis contre luy seulement,
Qu'en quel temps que ce soit il n'en feroit vengeance,
Et qu'encor il tiendroit la chose sous silence.

    Le Roy s'imaginant toute chose plustost,
Que l'affront qu'il vouloit luy laisser en dépost,
Luy promet ce qu'il veut, et tout soudain Joconde
Luy conte le sujet de sa douleur profonde,
Et comment ayant veu sa paillarde moitié
Abuser de l'honneur, et de son amitié
Dans les lubriques bras d'un sien vil domestique,
Il s'estoit faict ainsi triste et mélancolique,
Disant qu'il en fust mort, si le Ciel quelques jours
Eust encor différé de luy donner secours :

Mais qu'il avoit trouvé dans sa maison Royale,
Une chose à son bien heureusement fatale :
Car au moins s'il avoit enduré quelqu'affront,
Il se réconfortoit pour avoir un second.

 A ces mots il se teut, venans à l'ouverture
Dont il fit voir au Roy ce monstre de nature,
Qui montoit brusquement sur le cheval d'autruy,
Le pressoit, le picquoit et sautoit avec luy,
Il ne faut point jurer pour faire bientost croire,
Que cet acte troubla l'esprit et la mémoire
Du pauvre Roy trompé, qui voyant ce meschef,
Contre le mesme mur vouloit rompre son chef :
Il vouloit se desdire et sa femme desfaire,
Mais son serment presté rabaissa sa colère.

 En fin demy pasmé, foible et sans sentiment,
Il appelle Joconde. Hélas ! en mon tourment,
Que feray-je, dit-il, puis que tu me veux faire
Pardonner follement à ce couple adultaire ?

 Sire, luy dit Joconde, il faut chacun pour soy,
Ces ingrates quitter qui nous manquent de foy,
Faire un essay par tout si toutes sont semblables,
En rechercher autant qu'il s'en veira d'aymables,
Et rendre en autre lieu ce qu'on nous a presté :
Si nos femmes n'ont pas aux monstres résisté,
Quelle femme sera qui nous chasse et mesprise ?
Celle que la beauté ne pourra rendre acquise,
Au moins se laissera par argent butiner.
Non, Sire, il ne faut point en ce lieu retourner,
Que de mil nous n'ayons la despouille emportée,

Une âme de son mal pour un temps absentée,
Qui court en plusieurs lieux, et pratique souvent
Des femmes de dehors le charme décevant,
Peu à peu fait sortir les passions cruelles
Que la veuë entretient. Par ces raisons nouvelles
Astolphe à son advis à la fin s'arrestant,
Et desguisé d'habits, se résoult à l'instant
De courir l'Italie, et la France, et la Flandre,
Et l'Isle où la Tamise en la mer se vient rendre,
Autant qu'ils en trouvoient avoir quelque beauté,
Autant ils en rangeoient dessous leur volonté,
Ils donnoient quelquefois, mais par d'autres menées
Ils retiroient après leurs richesses données :
Si beaucoup par prière acceptoient leur amour,
Beaucoup d'autres encor les prioient à leur tour,
Et séjournant un peu tantost en cette terre,
Tantost en celle-là, faisant tousjours la guerre
A la pudicité des femmes qu'ils trouvoient ;
Ils cogneurent en fin, qu'à grand tort ils avoient
Leurs femmes délaissé pour leur estre infidelles,
Puis que toutes l'estoient, autant laides que belles.
  Après un certain temps, chacun eut volonté
De cesser de courir après la nouveauté,
Tant pour donner par tout de grandes jalousies,
Que pour estre tousjours au péril de leurs vies :
Il vaut mieux, dit Astolphe, en prendre une à nous deux,
Pour esteindre en commun nos desirs et nos feux :
Je cognois bien qu'en vain parmy ces inconstantes,
Nous en cherchons qui soient d'un seul homme contentes,

Et possible une ayant deux maris en commun,
Sera fidelle à deux ne l'estant pas pour un.
    Tout ce que dit le Roy Joconde le pourchasse,
Et quittant aussi tost leur inconstante chasse,
Ils vont de ville en ville une fille cherchans :
En fin ayant esté quelques jours par les champs,
Ils en trouvèrent une à Valence assez belle,
En son aage plus tendre, et sa saison nouvelle :
Son père différoit de la laisser partir,
Mais avec peu d'argent on luy fit consentir,
Par promesses ayant cette fille engagée,
Qui desjà par amour sembloit estre obligée,
Chacun d'eux tour à tour en reçoit du plaisir,
D'un accord mutuel contentant leur desir :
Comme deux forgerons qui soufflans sur la braise,
Tour à tour my lassez esventent la fournaise.
Ils partent de Valence, et vont ce mesme jour
Coucher dedans Zattime, où pendant leur séjour
Ils s'en vont visiter les Palais, les Eglises,
Et tous les lieux publics destinez aux franchises,
Plaisir accoustumé pendant qu'ils cheminoient,
Laissant en leur logis la fille qu'ils menoient,
Parmy tous les valets elle en vit par derrière
Un quelle avoit desjà veu servir chez son père,
Luy la voit aussi tost, et par occasion
Luy tint quelques propos de son affection,
Et luy demande encor qui couchoit avec elle,
Fiamette soudain, ainsi s'appelloit-elle,
Luy fit tout le discours, Hélas! dit le valet,

Alors que j'espérois, que selon mon souhait
Je vivrois avec toy, tu t'en vas ma chère âme,
Sans espoir de retour, tu fais mourir ma flame
Plustost que l'allumer, ô Dieux ! faut-il ainsi
Voir tousjours triompher un autre en mon soucy ?
J'avois faict un dessein, qu'après avoir peu faire
Quelque somme d'argent, autant de mon salaire
Que de ce que l'on a des hostes en sortant,
Je m'en retournerois à Valence à l'instant
Pour t'aller espouser, Hélas ! dit Fiamette,
Avec un grand souspir, vostre entreprise est faite
Avec trop de malheur : le valet fond en pleurs,
Il souspire, il sanglote, et feint mille douleurs,
Quoy ? dit-il, tu veux donc qu'en ma flame je meure,
Fiamette mon cœur, Fiamette à cette heure ?
De tes deux bras aimez au moins embrasse-moy :
Afin que je trespasse heureux auprès de toy.
La fille luy respond, à son mal pitoyable :
Crois-tu qu'il soit à moy moins qu'à toy desirable ?
Je le souhaitte assez, si le sort envieux
Nous pouvoit donner place au milieu de tant d'yeux,
Je suis au moins certain que cette nuict prochaine,
Si tu veux, luy dit-il, mettre fin à ma peine,
Tu pourras trouver lieu pour faire avec plaisir
Entre tes bras aimez contenter mon desir.

Hé ! dit-elle, comment ? autant que la nuict dure,
L'un ou l'autre des deux me sert de couverture :
Ou bien entre les deux je ne sçaurois grouiller,
Sans faire en remuant l'un ou l'autre esveiller.

Tout cela ne t'est rien, si tu veux Fiamette,
Respond-il, la baisant, tu n'es que trop finette
Pour te débrouiller bien de cet empeschement,
Si tu veux en avoir le desir seulement,
Elle resve un petit, puis lui permet qu'il vienne
Quand chacun dormira : mais surtout qu'il retienne
Le chemin de la chambre, et puis encor luy dit
La ruse qu'il feroit pour entrer en son lict.
Quand ce garçon pensa la trouppe estre endormie,
Il entre à pas contez, d'une jambe affermie,
Il allonge le pied, s'affermissant tousjours
Sur celuy de derrière, après maints et maints tours,
A la fin il arrive au lict de Fiamette,
Et par les pieds du lict il advance la teste,
Ce pendant qu'elle estoit attendant sur le dos,
Luy entre ses genoux glissa tant à propos,
Qu'enfin il se trouva sa bouche sur sa bouche,
Sans que sa beste fust au monter trop farouche,
Jusques au poinct du jour il se tint embrassé,
Ne pouvant pas descendre après estre lassé.
Le Roy toute la nuit, avoit comme Joconde,
Senty ce mouvement le plus soudain du monde :
Tous deux estoient trompez d'une pareille erreur,
L'un pensant que fust l'autre agité de fureur.
Après que le garçon eut fourny sa carrière,
Comme il estoit venu il retourne en arrière.
Le Soleil apparut, et Fiamette alors
Fit entrer les valets qui frappoient au dehors.
Lors le Roy dit ces mots, Ha ! sans doute mon frère,

Tu dois bien estre las de si longue carrière :
Hé quoy ! toute la nuict tu n'as faict que trotter,
Joconde en sousriant se prist à contester,
Luy disant qu'il devoit se reposer luy-mesme,
Pour avoir faict la nuict un exercice extréme,
Et qu'il n'eust jamais tant couru sans s'arrester :
En fin perdant le temps ensemble à contester,
Ils pensèrent entre-eux se prendre de paroles,
Chacun ne voulant pas estre peu de frivoles,
Pour s'accorder ils font Fiamette appeller,
Qui de peur qu'elle avoit ne pouvoit plus parler,
N'osant nier à deux ce qu'ils sçavoient ensemble :
Dis-moy, luy dit le Roy, comme il voit qu'elle tremble,
Dis, ne crains point, pour moy, ni pour Joconde aussi,
Qui pendant cette nuict t'a faict trotter ainsi :
Lequel est-ce des deux dont l'eschine assez forte,
A peu sans reposer galopper de la sorte,
Et veut en le niant ainsi l'autre abuser :
Chacun d'eux attendant de voir l'autre accuser,
Mais en un mesme instant la pauvre Fiamette,
L'œil tout baigné de pleurs à ses deux pieds se jette,
Implore quelque grâce, et luy dit que l'amour
D'un garçon qu'elle avoit cogneu ce mesme jour
Souffrir en un instant mille douleurs pour elle,
Avoit vaincu son cœur, et causé qu'infidelle
Elle l'avoit receu la nuict entre ses bras,
L'ayant faict par les pieds glisser dessous les dras,
Et croyant que tous deux auroient ceste pensée,
Que l'un des deux veillant la tiendroit embrassée.

Tous deux à ce discours se regardans au nez,
Demeurèrent long temps tout à coup estonnez,
N'ayant jamais ouy parler de telle ruze :
Puis après avoir eu long temps l'âme confuse,
Ils firent esclatter leurs voix esgalement,
Et se prirent tous deux à rire tellement,
Qu'ils ne pouvoient r'avoir leur vent ny leur haleine.
Après avoir donc ry jusques à souffrir peine,
Et jusques à porter de poignantes douleurs
Dans l'estomach ouvert, et dans les yeux des pleurs,
Ils se dirent entre-eux, qui pourra dans son âme
Penser de n'estre poinct abusé d'une femme,
Si cette-cy couchée au milieu de nous deux,
A desiré chercher un troisiesme amoureux ?
Si les maris avoient autant d'yeux en la teste,
Comme ils ont de cheveux, ou comme une tempeste
Jette d'espics à bas par la gresle couppez,
Ils n'empescheroient pas qu'ils ne fussent trompez :
Dans un nombre infiny de jeunes et de belles,
Nous n'en avons pas sceu rencontrer deux fidelles.
C'est assez Fiamette, à croire nous suffit
Que pour changer tousjours la nature les fit.
Nous ne devons donc plus estimer que les nostres
Ay'nt plus de trahison que n'ont toutes les autres,
Et qui veut la constance aux femmes icy bas,
C'est y vouloir un don que le sexe n'a pas.
Retournons, disent-ils, tous deux treuver nos femmes,
Ne nous offençons plus de leurs légères flames,
Et si du changement leur esprit est espoinct,

Ne pouvant l'empescher faignons ne le voir poinct.
Ainsi cette entreprise en commun estant faite
Ils firent au valet espouser Fiamette,
Et retournent chez eux, protestans à tous coups
De n'estre jamais plus amoureux ny jaloux.

FIN DE JOCONDE

ADVENTURE DE SYLVANDRE

Appren-moy, grand vainqueur des hommes et des Dieux,
Qui ravis les esprits par les charmes des yeux :
Appren-moy de quel traict le bien-heureux Sylvandre,
A peu blesser le cœur de sa belle Cléandre,
Cléandre dont les yeux pleins d'amoureux appas,
N'avoient point plus d'attraits qu'ils avoient de trespas.
Et qui desjà sans estre à personne asservie,
Avoit à mille cœurs la liberté ravie.

Desjà l'humide Auton dans son antre gisoit,
Et ses bras et ses mains tout pantois reposoit,
Lassé d'avoir couru sur les ondes chenües,
Et d'avoir pressuré l'humidité des nues :
Desjà l'astre du jour dans le Ciel balançoit
Ses feux avec les eaux que l'Automne versoit :
Et la mère des Dieux de ses fruicts despouillée,
Des injures de l'air estoit souvent souillée.

Lors que cette Cléandre à l'esprit indompté,
Qui les efforts d'amour avoit tant surmonté,
En une occasion de publique assemblée,

Pour Sylvandre sentit sa liberté volée,
Dès le premier abbord, esmeue elle sentit,
Un esclair, qui des yeux de Sylvandre sortit,
En un traict transformé, qui sans faire ouverture,
Par les yeux à son cœur fit sentir sa poincture.

Sylvandre au mesme instant ressentit bien aussi
Je ne sçay quelle ardeur, je ne sçay quel soucy,
Qui le faisoit languir auprès de cette belle,
Sans cognoistre pourtant que la cause en vint d'elle,
Tous deux esgalement languissent transportez,
L'une esprise d'amour, l'autre espris de beautez :
L'une craint de parler, l'autre aime le silence :
L'une cache son mal, l'autre la violence
Du feu que ses yeux ont en son cœur allumé :
En un rien l'un des deux en l'autre est transformé,
Ou plustost ne sont qu'un, et leurs foibles œillades
Servent de messagers à leurs âmes malades :
Ils sont pourtant contraincts de s'esloigner un peu,
L'assemblée trop grande est cause que leur feu
N'osant se descouvrir dans leur cœur se reserre,
Livrant à leurs raisons une plus forte guerre.

Cléandre retenue en cette nouveauté,
Admirable en prudence autant qu'en sa beauté,
Cache dedans son sein les secrets de son âme,
Et faict voir des glaçons en sentant de la flame :
Mais Sylvandre au contraire ardemment enflamé,
Cherche à souspirer seul son brazier allumé :
Et combien qu'il s'efforce, il ne peut si bien faindre
Qu'on n'entende son cœur par sa bouche se plaindre.

L'assemblée finit, et d'un instant tous ceux
Qui s'estoient là treuvez s'en retournent chez eux,
Fors ces nouveaux Amans, qui par miracle estrange
Avoient faict par leurs yeux de leurs cœurs un eschange,
Qui s'estans mis à part ensemble à deviser
Sentoient à chaque mot leur cœur se diviser,
Leurs yeux mal asseurez, leur incertain langage,
Leur estoient des tesmoins de leur futur servage,
Et leur ardent desir les faict si fort troubler,
Que pas un en souffrant n'ose se déceller.

Enfin la nuict venant son ombre les sépare,
Ou plustost mille morts cette ombre leur prépare :
Sylvandre en s'en allant de Cléandre est vainqueur,
Et Cléandre ravit de Sylvandre le cœur.

Lisis qu'elle tenoit pour servante fidelle,
Voyant son cœur pensif se vint seoir auprès d'elle,
Et plus sçavante qu'elle aux mystères d'amour,
Vit bien qu'elle perdoit sa franchise à son tour :
La pensant obliger elle rompt son silence,
Et luy tint ces propos : Ou quelque violence
D'un occulte mal-heur vous travaille les sens,
Ou vous sentez d'amour les effects tout puissans :
Madame, vous avez quelque douleur en l'âme,
Pleust aux Dieux que ce fust une amoureuse flame,
Qui bruslant vostre cœur, vous peust faire gouster
Les biens que vous laissez avec l'aage emporter,
Quel erreur vous transporte à bannir vagabonde
L'amour dont la puissance entretient tout le monde,
Dont la flame adoucit le mal-heur de nos jours,

Qui tout seul nous contente, et tout seul rompt le cours
Aux maux à qui le Ciel rend nostre âme sujette,
Qui de ce monde entier rend l'union parfaicte,
Qui dans les Cieux voûtez inspire un mouvement,
Qui puissant donne l'âme à chacun élément,
Bref qui de son flambeau sur les âmes préside,
Tenant autant les Dieux que les hommes en bride,
Madame, c'est à tort que vous luy résistez,
Nature ne vous a donné tant de beautez,
Ny l'Amour tant d'attraicts, pour perdre leur empire,
Bien qu'Amour soit tout bon, bien souvent il s'empire
Alors que sa bonté se paye de mespris :
Mais refusant d'aimer, qu'avez-vous entrepris ?
C'est tourner contre vous la fureur de vos armes,
Vos yeux si vous n'aimez n'ont que faire de charmes,
Vos beautez sans Amour sont un vivant tableau,
Ou plustost un corps sec sous un riche tombeau :
Je pense avoir bien veu, si je ne suis deceue,
Que Sylvandre tantost estoit pris par la veue,
Ses regards dérobez avec languissement
M'ont semblé concevoir pour vous quelque tourment,
« Un violent desir avec peine se cèle,
Mais si vous le laissez en sa peine cruelle,
Vous serez en son mal plus coulpable que luy,
« Car on pèche en causant l'affliction d'autruy.
De tels propos Lysis entretenoit sa Dame,
Qui sentoit peu à peu se troubler en son âme :
Mais par discrétion ce discours mesprisant
Elle cèle un brazier qui la va destruisant,

Comme un tison cavé qui cache sous la cendre
Le feu qu'un petit vent fait puis après esprendre.
    Cependant en souspirs Sylvandre s'esclattant,
Fait changer en des eaux le feu qu'il va portant :
Il accuse le Ciel, l'Amour et la Nature
De l'avoir destiné pour vivre à la torture,
Dans les nuës les vents, les poissons dans les eaux,
Les hommes sur la terre, et dans l'air les oyseaux
Ressentent les douceurs des pavots de Morphée,
Luy seul veille tousjours, sa raison estouffée
Sous les forces d'amour donne place aux desirs
Qui reçoivent sa gesne et chassent ses plaisirs,
Et son cœur plein de feux prest d'estre mis en cendre
Ne peut plus respirer que le nom de Cléandre :
Ore il veut l'aller voir pour luy dire ses maux,
Ore il desire en soy conserver ses travaux,
Ore il veut descouvrir son amoureux martyre,
Ore il le veut celer, et mourir sans le dire,
Et demeure suspens deçà delà porté,
Comme un vaisseau sur mer par deux vents agité :
A la fin cet advis d'aller voir sa maistresse,
Et de luy raconter sa mourante tristesse
Demeure le vainqueur : il part, mais tout soudain
Un respect incogneu le retient par la main :
Amour le fait marcher, la crainte le retire,
Un combat incertain le presse et le martyre :
Toutesfois animé des flammes qu'il portoit,
Il entre courageux où sa Cléandre estoit.
    Elle voyant Sylvandre aussi tost fut esmeuë,

Il coule dans ses os une grâce incogneuë,
Qui s'approchant du cœur près de luy se logea,
Et les lys de son teint en des roses changea.
Lors Sylvandre appellant sa raison toute esmeuë,
Et l'Amour luy rendant sa parole perduë,
Hardiment luy descouvre et ses maux et ses feux,
Cléandre, luy dit-il, cher object de mes vœux,
Si vous ne sçaviez point avecques quelles flames,
Vos beaux yeux mes vainqueurs sçavent brusler les âmes,
Si vous ne sçaviez point de quels traicts vous blessez,
Et de quels rets encor les cœurs vous enlassez,
Je vous raconterois ma douleur incognue,
Mais pour vous dire tout, je dis vous avoir veue,
Je vous ay veu, ma belle, et vous voyant j'ay pris
Un feu qui me tu'ra s'il vous vient à mespris :
Vostre œil estant parfaict mon martyre est extréme,
Et ne sçauroit guarir si ce n'est par vous-mesme.

    D'un honteux vermillon Cléandre en ces discours
Fit rougir son visage où voloient mille Amours,
La rose dans le lys soudain prend la naissance,
Son poux devient esmeu, son cœur sent la puissance
De la voix de Sylvandre, et ressent dedans soy
Je ne sçay quels transports de plaisir et d'esmoy :
Amour dès son abbord l'avoit assez blessée
Pour ne plus recéler ses feux en sa pensée,
Et ses yeux pleins d'attraicts désormais sans rigueur
Tiennent la porte ouverte aux secrets de son cœur.

    Sylvandre, luy dit-elle, il faut que je te die
Que d'un mesme lien mon âme est asservie,

Que nos jours sont filez par un mesme fuzeau,
Et nos cœurs allumez par un mesme flambeau :
Je t'aime, et ne sens plus que ta peine adversaire,
Car la mienne se perd au desir de te plaire,
Mais si tu m'aime, aussi fais que ta passion
Ne cause point mon mal par indiscrétion :
« Il n'est rien de si beau qu'une flamme celée :
Amour veu par Psichez au Ciel prit sa volée,
Vis certain de ma foy, et t'asseure qu'un jour
Un autre heur te rendra certain de mon amour.
Ceste promesse après d'un baiser fut suivie,
Baiser qui fut sa mort, baiser qui fut sa vie :
Car son âme perdue au milieu du plaisir
Vivoit par jouyssance et mouroit par desir.

    Elle part, et Sylvandre en sa nouvelle braise
Ne sçait s'il veille aux maux, ou s'il dort en son aise,
Et tout ravy de joye au songer de son bien
Il bénit mille fois l'Amour qui l'a faict sien.

    Autant qu'il revient voir ceste nouvelle acquise,
Autant il se confirme en la faveur promise
De cent mille baisers tous les jours emportez,
De mille attouchemens, de mille privautez,
De mil languissemens, et de mille caresses
Amour va soulageant ses feux et ses tristesses.
Mais Cléandre voulant esprouver son Amant
Luy refusoit tousjours l'entier contentement,
Croyant qu'une faveur de léger accordée
Se mesprisoit soudain qu'elle estoit possédée :
Mais son cœur n'estoit pas encor bien enferré,

« *Car ce n'est plus Amour s'il est considéré.*
Sylvandre quelque temps languit en ses remises,
Forme mille desseins, et fait mille entreprises
Pour attirer sa belle au bonheur attendu,
Mais ce qu'il fait en fin n'est rien que temps perdu.

   Quoy, dit-il, mon soucy, parlant à sa Cléandre,
J'auray donc tant de feux pour n'avoir qu'une cendre,
Vous m'aurez feint d'aimer pour vous rire de moy,
Vous aurez tant juré pour demeurer sans foy :
Qu'il n'en soit pas ainsi, belle âme de ma vie,
Ma flamme soit plustost de mon trespas suivie,
Que vivant pouvoir dire avec de la raison
Que ma belle geollière ait rompu sa prison.
Où sont ces doux attraicts et ces belles promesses,
Où sont ces vains sermens et ces vaines caresses ?

   Vous ressemblez, couarde, au paysan révolté
Qui chez luy parle haut, mais le glaive au costé,
Menace les soldarts, promet des résistances,
Des attaques, des coups, des combats, des deffenses ;
Puis si tost qu'un tambour il entend bourdonner
Jette les armes bas pour tout abandonner,
Et s'enfuit tout paoureux au silence plus sombre
D'un bois, où mesme encor il a peur de son ombre.
Vous promettiez n'aguère et des jeux et des coups
Au soldart amoureux qui languit près de vous,
Et maintenant couarde au lieu de vous deffendre
Vostre courage est mort, et fuyez sans l'attendre
Vous cacher à l'abry d'une appréhension
Qui n'eut jamais de place avec l'affection.

Ne fuyez point, m'Amour, ne fuyez point, ma Belle,
Vostre ennemy n'a point une âme trop cruelle,
Il ne veut rien de vous que ce que vous voulez,
Et que voir ses desirs aux vostres assemblez,
Lors Cléandre chassant d'un instant toute crainte,
D'une nouvelle ardeur ayant son âme attainte,
Se jette entre ses bras avec des yeux mourans,
Et de mille baisers mille Amours souspirans
Asseura sans parler Sylvandre en telle sorte
Qu'il creut la résistance en son sein estre morte :
Tout soudain il l'embrasse, et prend en cet instant
La dernière faveur qu'il alloit souhaittant.

Amour tyran des cœurs, autheur de leurs délices,
Toy seul tu peux conter leurs aimables supplices,
Toy seul tu peux sçavoir leurs doux languissemens,
Leurs transports, leurs desirs, et leurs ravissemens :
Aucun autre que toy n'en eut la cognoissance,
Pour avoir consacré leurs plaisirs au silence :
Aussi trop curieux ne les veux-je sçavoir,
Mais plustost qu'y penser je les voudrois avoir.

MESLANGE

SONNET POUR TROIS DAMES

Que ces Nymphes du Ciel qui tombèrent des nues,
Pour finir le discord esmeu pour leurs beautez,
Ne nous repaissent plus de leurs divinitez,
Ces trois cy que je voy les rendent incogneuës.

Que ne les voy-je encor en discordes esmeuës,
Et moy choisi pour Juge en ces diversitez,
Je ne jugerois pas de tant de raritez,
Mais j'aurois ce plaisir de les voir toutes nües.

Ou si nouveau Pâris par arrest de ma voix,
Il me falloit donner à quelqu'une des trois
La pomme à toutes trois légitimement deüe :

Je me ferois bander les yeux aussi soudain,
Et baisant celle-là qui viendroit en ma main,
Je garderois la pomme en luy donnant la queüe.

SONNET DIALOGUE

Que t'en semble m'amour, avois-je pas raison
Te disant que j'avois pour tes maux un remède ?
Il ne me sert de rien que d'un foible intermède,
Car ma douleur revient après la guarison.

Quoy ? faut recommencer, afin qu'il te succède,
Pour un coup l'ennemy ne sort de la maison :
Sus, sus donc, deffends-toy, je veux qu'il me le cède,
Il se tient trop long temps en si belle prison.

Hé ! mon cœur, tu me blesse, arreste je te prie.
Je veux rendre à ce coup ta collique guarie.
C'en est faict, elle l'est, va je me porte bien.

Hé bien, n'estois-je point propre à ta maladie ?
Ouy, m'amour, tu l'estois, mais il faut que je die
Que sans le second coup le premier n'estoit rien.

STANCES SUR DES FLEURS

Belles fleurs que la lune en croissant fait paroistre,
Vous vous rapportez fort avec les autres fleurs,
Car l'excez des humeurs comme vous les fait naistre,
Et vous tombez aussi par l'excez des chaleurs.

Comme les fleurs nous font aimer le jardinage,
Nous tirant par les yeux d'un fort enchantement,
On dict que vous pouvez faire aimer davantage
Si trompé l'on vous peut savourer seulement.

Quelques fleurs ce dit-on apportent allégence
Aux cerveaux affoiblis par estude lassez,
Après un long travail vous avez la puissance
De donner du repos aux maris harassez.

Ouy, vous estes du tout aux autres fleurs semblables,
Car le fruict peu à peu par elles se produict,
Et lors que l'on vous voit, ce sont signes probables
Que celles qui vous ont sont capables de fruict.

Toutesfois les jardins fleuris de telle sorte
S'aiment tant plus qu'ils sont esmaillez de couleurs
Mais lors que vous venez, le jardin qui vous porte
Ne peut s'aimer qu'après qu'il a perdu ses fleurs.

FOLASTRERIE

Allons, allons, ma mignonne,
A ceste heure que personne
Ne nous suit dedans ces bois :
Allons mille et mille fois
De mille amoureux délices,
De mille douces malices,
De mille aimables courroux,
De mille baisers plus doux
Mille fois que l'ambrosie,
Mourir sans perdre la vie,
Allons en plaisirs divers
Voir les feueilles à l'envers,
Voir ensemble tout le monde,
Toy du ciel la voûte ronde,
Moy la terre qui sous nous
Bondira de petits coups
Que tu donneras, mauvaise,
Lors que tout enyvré d'aise
Je te feray malgré toy

Crier mercy dessous moy.
Voy, m'amour, voy cet ombrage,
Voy ce verdissant herbage,
Voy ceste mousse et ce pré
De mille fleurs diapré,
C'est un lieu que l'Amour mesme
Semble à nostre amour extréme
Avoir icy destiné.
Quoy ? d'un courage obstiné
Tu t'enfuis, belle mauvaise,
Tu veux empescher mon aise :
Ha ! je t'attrapperay bien,
Tu ne profite de rien.
Je te forceray de dire
Qu'avec moy tu le desire :
Fole, je voy bien que c'est,
Tu veux me voyant tout prest,
Augmenter ma violence
Avecques ta résistance,
Tu le veux autant que moy :
Mais tu veux bien, je le voy,
Un petit estre forcée.
C'est trop, ma chère pensée,
C'est trop long temps contester,
Il est temps de le prester,
Desjà mon âme enflamée
Languit à demy pasmée,
Desjà mon cœur mi-mourant
Dans mon sein va souspirant,

Et ma débile parole
Avec mes forces s'envole.
Baise-moy, mon cher soucy,
Fais-moy trespasser ainsi,
Que sur tes lèvres bessonnes
Par cent reprises gloutonnes
Bouche à bouche entrelassez
Nos esprits soient amassez,
Que nos langues frétillardes
De mille attaintes mignardes
Combatant à qui mieux mieux,
Que leurs coups délicieux
Blessent nos âmes mourantes
De trop d'aise languissantes,
Que nos yeux à demy clos
Tesmoignans nostre repos
De languissantes œillades
Contrefacent les malades.
Sus levons ce cottillon,
Je te tiens ma frétillon,
Je te tiens, c'est à ceste heure
Qu'il faut qu'en mes bras tu meure,
Desjà ces petits oyseaux
Qui chantent sur ces rameaux
Chantent pour ta sépulture :
L'amour avec la nature
Semblent nous dire en leurs chants
Que nos bras s'entr'acrochans
Se nouent de telle sorte

Et d'une estreinte si forte
Que d'un mouvement commun
De deux nous n'en facions qu'un,
Et que nos âmes meslées
Sur nos lèvres soient colées.
Ma mignarde je le tiens,
Ce doux séjour de mes biens,
Ce bel antre desirable,
Ce petit antre admirable,
Où l'Amour prend peu à peu
L'eau pour esteindre son feu :
Ceste forest délicate,
Ceste forest que je flatte,
Qui se nourrit tout autour
De ce paradis d'Amour,
Ne sera point assez forte
Pour m'en deffendre la porte.
Quoy, ma Belle, tu te rends,
Ja sur tes yeux mi-mourans
Tu porte ta main lassée,
Mon œil, mon tout, ma pensée,
Je suis à demy perclus,
Baise-moy, je n'en puis plus,
Ne te lasse point, ma Belle,
Aide-moy, ma Colombelle,
Par quelque doux mouvement
A mouvoir plus doucement :
Descouvre-moy ta poictrine,
Descouvre-moy, ma divine,

Ces doux amoureux tétons,
Que je succe leurs boutons,
Que cent fois je les baisotte,
Que sur eux je me dorlotte,
Que ma main les caressant,
Et doucement les pressant
Se vange des doux supplices
Que cest'antre en ses délices
Me contraint de supporter.
Mon cœur laisse-moy gouster
Tous les plaisirs qu'Amour donne
Lors qu'une bouche gloutonne
Sur un'autre se pressant
Va cent baisers ravissant,
Baisers mouillez, doux, humides,
Aux âmes servans de guides
Pour venir s'entreparler,
Pour venir s'entremesler
Sur le bout de deux languettes,
Amoureuses et doüillettes,
Qui s'apprennent en un jour
Tous les mystères d'Amour.
C'est faict, ma douce ennemie,
Je sens mon âme endormie
Qui ne demande à tes yeux
Qu'un repos délicieux :
Au contraire, ma mignarde,
Je te voy plus frétillarde
Que tu n'estois à l'abbort,

17

Tu n'es point morte en ma mort,
Et tu n'es point plus lassée
De nostre peine passée :
Je voy bien que c'est, m'amour,
Tu me le disois un jour,
La femme est tousjours plus forte,
Plus de coups elle supporte.

CHANSON

Semblable au tison qui s'allume
Et qui s'esteint avec le vent,
Un soupçon qui me va suivant
Chasse l'amour qui me consume,
Et le r'appelle aussi souvent.

Les larmes, les cris, et les plaintes
Du sujet de ma passion
Forcent bien mon opinion,
Mais la peur que ce ne soient feintes
Combat fort mon affection.

Son cœur ayant peu se contraindre
Jusques à feindre de brusler,
Et ne le vouloir pas celer,
Son œil me peut aussi bien feindre
Des larmes pour me ratteler.

Mais d'où viendroit la repentance
Après l'avoir peu consentir,
C'est trop, il faut se convertir :
Ce qu'elle a faict par inconstance
Est deffait par le repentir.

Il faut que malgré cet orage
Qui mon bien alloit destruisant,
Je l'oblige en le mesprisant,
Puis que je n'ay pas le courage
De l'imiter en mal faisant.

CHANSON

C'est assez souspirer pour un suject pipeur
Qui tourne à mon malheur ses amours en coustume
Pour aimer plus long temps ceste légère humeur
Il me faudroit avoir un courage de plume.

Elle a desjà cent fois mon amour délaissé,
D'un mespris supposé déguisant son courage,
Mais ce folastre Amour que j'eus par le passé
Est maintenant contrainct de céder à l'outrage :

Aussi bien je le voy, tant d'infidélité
Ne sçauroit s'accorder avec tant de constance :
Elle a pour ses desirs trop de légèreté,
Et j'ay pour son humeur trop peu de patience.

Bruslez, bruslez, volage, en l'ardeur de vos feux
Jusqu'à ce que le temps en cendre les réduise :
Vostre infidélité m'est un malheur heureux,
Car perdant vostre amour je treuve ma franchise.

Adieu baisers communs que j'estimois si doux,
Trompeuses vanitez, caresses mensongères :
Adieu sermens faussez, je prends congé de vous,
Vous avez tous pour moy des aisles trop légères.

Mon amour par le temps est si fort affoibly,
Qu'il ne recognoist plus sa flamme accoustumée :
Allez, je vous immole au fleuve de l'oubly,
Esteignez-y vos feux, j'en fuiray la fumée.

TRADUCTION D'OVIDE

Je ne veux point qu'estant aimable,
Et belle, tu sois sans amant :
Mais qu'est-il besoin misérable,
Que je le sçache évidemment.

Je ne te veux moins desréglée,
Ny plus chaste en tes actions,
Mais un peu plus dissimulée
Et secrette en tes passions.

Celle-là ne fait point d'offense
Qui peut nier qu'elle en ait faict :
Et rien ne fait la mesdisance
Que le seul adveu du forfaict.

Quel erreur de mettre en lumière
Ce que la nuit sçait seulement :
Et ce qui se fait en arrière
Le publier ouvertement.

La Courtisanne vagabonde
Qui l'incogneu va décevant,
Se retirant de tout le monde,
Ferme sa porte auparavant.

Et toy par un erreur extréme
Publiras-tu ton mal caché,
Et confirmeras-tu toy-mesme
Le jugement de ton péché?

Au moins songe à toy d'avantage,
Va les pudicques imitant,
Encor que tu ne sois pas sage,
Je te croiray l'estre pourtant.

Tout ce que tu fais, fais l'encore,
Nie-le moy tant seulement,
Et fais que ta bouche n'abhorre
De discourir modestement.

D'autres lieux veulent des malices,
Et des attraicts délicieux,
Remplis tous ces lieux de délices,
Chasse la honte de ces lieux.

Mais en sortant à la mesme heure
Chasse aussi ta lasciveté,
Et que dedans ton lict demeure
Ton crime et ta lubricité.

Là ne crois point que ce soit honte
De jetter la chemise à bas
Qu'une jambe sur l'autre monte
Pour mieux soustenir les combats.

Là que des langues les poinctures
Dans les lèvres s'aillent fourrant,
Et qu'Amour en mille postures
Aille une Vénus figurant.

Que la plainte y soit redoublée
Pour aider au contentement,
Et que la couchette esbranlée
Tremble d'un lascif mouvement.

Mais prenant chemise nouvelle,
Reprens aussi l'honnesteté,
Et fais que par honte tu cèle
L'ouvrage de l'obscurité.

Repais le monde d'artifice,
Et moy d'un discours inventé,
Et fais au moins que je jouysse
De ma sotte crédulité.

Pourquoy te vois-je tant escrire,
Pourquoy t'escrit-on si souvent,
Et pourquoy vois-je sans le dire
Ton lict plus creux qu'auparavant?

Pourquoy ta perruque brouillée,
Plus que le somme ne la rend,
Et ta gorge est-elle mouillée
Avec l'emprainte d'une dent ?

Autant de fois que tu confesse
L'avoir faict, j'enrage, et je meurs,
Et dans mes artères sans cesse
Je sens des mortelles froideurs.

J'ayme et vainement prens en hayne
Ce qu'il faut aymer malgré moy,
Et voudrois pour finir ma peine
Pouvoir mourir, mais avec toy.

Je ne manqueray de ma vie
De ce que tu tiendras secret,
Et veux s'il m'en prent une envie,
Qu'elle soit prise pour forfaict.

Que si par mauvaise adventure,
Sur le faict je te prens un jour,
Et que mes yeux voyent l'injure
Meschamment faicte à mon amour.

Ce que j'ay veu par finesse,
Nie-moy que je l'aye veu,
Et fais tans que je te confesse,
Que mon œil propre s'est déceu.

Bien facile t'est la victoire
Pour tromper un qui le veut bien :
Il ne te faut que la mémoire
De me dire qu'il n'en est rien.

Comme tu peux avoir refuge
A l'un ou l'autre de ces deux :
Gaigne pour le moins par ton juge,
Si par ta cause tu ne peux.

IMITATION DU MESME AUTHEUR

Tu ne profite rien, mary dur et barbare,
Retenant en prison ta femme nuict et jour :
Le corps est dans les fers, mais l'esprit s'en sépare,
Et l'esprit seulement est capable d'amour.

Si tu garde le corps, l'esprit est adultaire,
Qui ne peut s'il ne veut jamais estre empesché :
Mets-la dans un cachot, fais-y garde ordinaire,
Celuy qu'elle desire avec elle est caché.

Plus par la volonté que non par la contrainte,
Les femmes à l'honneur s'obligent aisément,
Et celle qui vit chaste alors qu'elle est sans crainte,
Et sans estre gardée, est chaste seulement.

Qui le peut pèche moins, et la mesme puissance
Alantist la semence, et l'ardeur du péché :
Et telle bien souvent chaste avant la deffense,
Aussi tost après elle a le vice cherché.

Un cheval mutiné qui se cabre et se fasche,
Qui prent le mors aux dens et s'eslance indompté,
S'arreste tout soudain qu'il sent la bride lasche,
Et que l'on a remis sa bouche en liberté.

A ce qui n'est permis nos âmes sont tendues,
Le malade en l'ardeur dont il se sent espoint
S'eslance après les eaux qui luy sont défendues,
Et le desir ne court qu'après ce qu'il n'a point.

Un seul Amour, d'Argus estaignit cent lumières,
Danaé devint grosse au cachot d'une tour,
Pénéloppe au contraire entre mille prières
Et mille Courtisans fut tousjours sans amour.

Ce qui se garde plus, plus aussi se desire,
Le grand soin d'une chose attire bien souvent
Le larcin du voleur, et peu de monde aspire
A ce qu'un autre aura mesprisé paravant.

Telle plaist à nos yeux, plus par l'amour extréme
Que luy porte un mary, que par quelque beauté,
Et luy voyant aimer, chacun pense en soy-mesme
Qu'elle a je ne sçay quoy qui le tient arresté.

Comme une femme craint on s'efforce à luy plaire,
Encor qu'à mille amours elle oblige son cœur,
Et le desir qui veut surmonter son contraire,
Suyvra plus celle-là qui plus aura de peur.

Tu combats la nature obligeant au servage
Ta femme qu'elle a faite aussi libre que toy,
Et si par cette garde elle demeure sage,
Ton valet seulement en a l'honneur pour soy.

Grossier, ne sçais-tu pas que l'acte d'une femme
Qui trompe son mary ne peut rien dessus luy.
Comme elle faict l'offense elle en porte le blasme,
Puis on n'est point damné pour les péchez d'autruy.

Tu la veux chaste et belle, il ne se sçauroit faire,
Si par miracle entier le destin ne le veut,
Croy-moy, redonne-luy sa franchise ordinaire,
Une femme fait moins lorsque plus elle peut.

DIALOGUE

D'où vient que tu t'enfuis mauvaise,
M'ayant charmé de tant d'appas,
Tu veux tousjours que je te baise,
Et ce jeu-là ne me plaist pas.

O le favorable reproche,
Quoy ? tu te fasche de mon bien,
Je ne craindrois pas ton approche
Si tu ne desirois plus rien.

Je desire un bien desirable
A tous les deux esgalement,
Pour vous s'il vous est tant aymable
Il ne me plaist aucunement.

Ha! que je t'ayme follichonne,
Tu l'appelle en le refusant,
Quelle vanité tu te donne,
Que tu te flatte en m'accusant.

D'où viendroit donc que tu me baise
Avecques tant de passion,
C'est afin d'augmenter ton aise
Par une feinte opinion.

Si ta bouche n'est véritable,
Tes yeux confessent le surplus,
Pour pouvoir estre plus aimable
J'en voudrois feindre encores plus.

Ha! vrayment, trompeuse Maistresse,
A ceste heure je le sçauray,
Ouf, hé! mes amours tu me blesse,
Laisse-moy, je te le diray.

Dis-le moy donc, ma mieux aimée,
Le sens-tu bien quand il est là?
Je serois bien fort enrumée,
Si je ne sentois point celà.

Hé bien, ma petite adversaire,
Est-ce un plaisir d'opinion?
Le bien est trop grand pour le taire,
Et pour l'avoir sans passion.

Une autrefois, belle mignonne,
Ne me conteste plus à tort :
Ma fois la querelle en est bonne,
Le combat vaut mieux que l'accort.

CHANSON

Perrette estant dessus l'herbette,
Colin leva sa chemissette,
Et vit je ne sçay quoy de noir :
Hé! dit-il, ma douce Perrette,
Je te pry' laisse-moy tout voir.

Si tu l'avois veu, j'en suis seure,
Tu ferois cela tout à l'heure :
Non, dit-il, je te le promets.
Vrayment, dit-elle, je t'asseure,
Tu ne le verras donc jamais.

Colin recognoissant sa faute,
S'escria d'une voix plus haute,
Et bien donc je te le feray :
Lors, dit-elle, en levant sa cotte,
Pour cela je le monstreray.

CHANSON

Que cest astre admirable,
Qui vient favorable
Esclairer à nos jours,
Faict bien en sa naissance
Voir quelle puissance
Il aura par son cours.

Si mesme en son aurore,
Il faict qu'on adore,
Ses bras desjà puissans,
Qui ne devra craindre
Le voyant atteindre
Au midy de ses ans?

Desjà sous son auspice
Prest du précipice,
Clèves s'est veu renger,
Et son aage plus tendre
Désarmé faict rendre
Le glaive à l'estranger.

Quelle estrange merveille
De voir par l'oreille
Ainsi vaincre aisément,
Et la guerre enflammée
Par la renommée
S'esteindre en s'allumant.

Puisse-tu grand Monarque
Des mains de la Parque
Avoir tant de bon-heur,
Que la terre contrainte
D'amour ou de crainte
Adore ta grandeur.

Que tous les Diadesmes
Gaignez par toy-mesmes
A ton sceptre soient joincts :
Car tout le monde espère
Que fils d'un tel père
Tu ne peux faire moins.

STANCES

Que le peuple ignorant a bien creu sans raison
Qu'on ne pouvoit trouver une belle prison :
Qu'aujourd'huy le contraire est pour moy véritable :
Non, les Dieux plus puissans avec leur liberté
Doivent porter envie à ma captivité,
Car mes fers sont plus doux que le ciel n'est aimable.

Voir alentour d'un lict mille amours voltiger,
Des attraicts aux desirs les âmes s'obliger,
Avoir pour fers des bras, et l'amour pour estude :
Du nombre des baisers à l'envy contester,
Cela ne doit-il pas bien faire rejetter
La liberté des champs pour telle servitude ?

Au lieu d'un vieux Geollier, qui porte dans sa main
Et la crainte et les clefs, renfermant inhumain
Dans un mesme cachot le suplice et l'offense,
Avoir des yeux si doux, prompts à sa guarison,
Est-ce pas pour aimer les fers et la prison,
Et se plaire au péché comme en la pénitence ?

J'advouë que par force estre ainsi renfermé,
N'oser faire du bruit anxieux accoustumé,
Avoir pour se cacher la teste my-courbée :
Cela peut des plaisirs destourner les desseins,
Mais l'amour est un Dieu de ruse et de larcins,
Dont la faveur ne plaist qu'en estant dérobée.

Il me semble qu'encor je me voy dans ces bois,
Courbé sur mes genoux, attendant qu'une voix
Favorable à mon bien vint finir mon attente :
Qu'un bel œil me conduit au séjour prétendu,
Et me fit voir combien un plaisir attendu
Arrivant à la fin rend une âme contente.

Bel œil qui dans la nuict fistes naistre mon jour,
Qui conduisant mes pas fistes que mon amour
Reprit avec tant d'heur ses flammes interdites,
Que vous peuvent donner mes souhaits aveuglez,
Des cœurs vous en avez autant que vous voulez,
Et des autels desjà sont deuz à vos mérites.

Je n'ay ny cœur, ny vœux, ny promesse, ny foy,
Ma Maistresse a tout pris, et n'ay plus rien à moy
Qui puisse à mon repos obliger vos pensées :
Toutesfois j'ay son cœur au lieu qu'elle a le mien,
Tirez-le de ses mains je vous donne le sien,
Vos faveurs de deux cœurs seront récompensées.

Si jamais ce bien-faict sort de mon souvenir,
Que l'aimable beauté qui me sçait retenir,
Bannissant tout amour n'ait plus qu'une inconstance,
Qu'amour trouble vengeur mon esprit et mes sens,
Qu'il redouble en mon sein les ardeurs que je sens,
Et qu'au sien les desdains soient pour ma pénitence.

VERS

DU BALLET DES VIEILLES POSSÉDÉES DES ESPRITS

Ces vieilles ayans autrefois
Meurtry mille Amans sous leurs loix
Par des rigueurs insupportables,
Par tout errantes sans séjour
Donnent exemple aux misérables
Qui vont résistant à l'amour.

Trois esprits des corps mal-heureux
Qui sont péris dedans les feux
Qu'ils prenoient des yeux de ces âmes,
Sortent des lieux qui les cachoient,
Et garnis de foüets et de flames
Chassent celles qui les chassoient.

Vous belles Dames qui contez
Vos vertus par vos cruautez,
Voyez ce mal qui vous menace,
Qu'amour soit au cœur comme aux yeux,
Et ne prenez pas cette audace
De résister contre les Dieux.

Il vous faut esprouver un jour
Quelles sont les flammes d'Amour,
Jeune ou vieille il est indomptable :
Mais le mal qu'il faict lors sentir
Est d'autant plus insupportable
Qu'il est suivy du repentir.

VERS

DU BALLET DE LA FEMME SANS TESTE
ET DES GAULTIERS GARGUILLES

Ce monstre d'estrange posture
Faict en despit de la nature,
A qui ces hommes font des vœux,
Nous faict paroistre en sa conqueste,
Que si la femme estoit sans teste
Chacun en seroit amoureux.

Car par une teste nouvelle
Il leur faict perdre la cervelle
A force de les martyrer,
Et la femme a beau se contraindre,
La teste est tousjours plus à craindre
Que le corps n'est à desirer.

La teste d'une belle femme
Ne sert rien qu'à brusler une âme
Sans pouvoir de la secourir :
Mais tous les maux qu'elle faict naistre
Aussi tost qu'ils peuvent paroistre
Par le corps se peuvent guarir.

Belles si voyant vostre grâce,
Quelqu'un plein de feux et de glace
Sent la douleur de mille morts,
Pour appaiser cette tempeste
Il n'a que faire de la teste
Il luy faut le milieu du corps.

Donc aussi douces que gentilles,
Souffrez que ces Gautiers Garguilles
Jettent leurs capuchons à bas,
Et si pour l'habit qui leur reste
Ils sont indignes de la teste,
Ils se contenteront du bas.

STANCES A L'INCONSTANCE

Esprit des beaux esprits vagabonde inconstance,
Qu'Æole Roy des vens avec l'onde conceut,
Pour estre de ce monde une seconde essence,
Reçoy ces vers sacrez à ta seule puissance
Aussi bien que mon âme autrefois te receut.

Déesse qui par tout et nulle part demeure,
Qui préside à nos jours, et nous porte au tombeau,
Qui fais que le desir d'un instant naisse et meure,
Et qui fais que les Cieux se tournent à toute heure,
Encor qu'il ne soit rien ny si grand, ny si beau.

Si la terre pesante en sa base est contrainte,
C'est par le mouvement des atosmes divers,
Sur le dos de Neptun ta puissance est dépeinte,
Et les saisons font voir que ta Majesté saincte
Est l'âme qui soustient le corps de l'Univers.

Nostre esprit n'est que vent, et comme un vent volage,
Ce qu'il nomme constance est un branle rétif :
Ce qu'il pense aujourd'huy demain n'est qu'un ombrage,
Le passé n'est plus rien, le futur un nuage,
Et ce qu'il tient présent il le sent fugitif.

Je peindrois volontiers mes légères pensées,
Mais desjà le pensant mon penser est changé,
Ce que je tiens m'eschappe, et les choses passées,
Tousjours par le présent se tiennent effacées,
Tant à ce changement mon esprit est rangé.

Aussi depuis qu'à moy ta grandeur est unie
Des plus cruels desdains j'ay sceu me garantir,
J'ay gaussé les esprits, dont la fole manie
Esclave leur repos sous une tyrannie,
Et meurent à leur bien pour vivre au repentir.

Entre mille glaçons je sçay feindre une flame,
Entre mille plaisirs je fais le soucieux,
J'en porte une à la bouche, une autre dedans l'âme,
Et tiendrois à péché, si la plus belle Dame
Me retenoit le cœur plus longtemps que les yeux.

Doncques fille de l'air de cent plumes couverte,
Qui de serf que j'estois m'a mise en liberté,
Je te fais un présent des restes de ma perte,
De mon amour changé, de sa flame déserte,
Et du folastre object qui m'avoit arresté.

Je te fais un présent d'un tableau fantastique,
Où l'amour et le jeu par la main se tiendront,
L'oubliance, l'espoir, le desir frénétique,
Les sermens parjurez, l'humeur mélancolique,
Les femmes et les vents ensemble s'y verront.

Les sables de la mer, les orages, les nuës,
Les feux qui font en l'air les tonnantes chaleurs,
Les flammes des esclairs plustost mortes que veuës,
Les peintures du Ciel à nos yeux incogneuës,
A ce divin tableau serviront de couleurs.

Pour un temple sacré je te donne, ma Belle,
Je te donne son cœur pour en faire un autel,
Pour faire ton séjour tu prendras sa cervelle,
Et moy je te seray comme un prestre fidelle,
Qui passera ses jours en un change immortel.

STANCES D'UNE DAME

Tu m'escris mon Tyrcis, que le sort et l'envie
Descouvrant nos amours conspirent sur ma vie,
Et que mon fier Argus médite mon tombeau :
Si nos feux recogneus m'empeschent de te suyvre,
Ils feront mon bon-heur en m'empeschant de vivre,
Ma vie et mon amour n'ont qu'un mesme fuzeau.

La fortune et les loix ont faict mon Hyménée,
Mais à toy la nature et l'amour m'ont donnée,
Celles-cy par le choix, celles-là par le sort :
Mais les unes voulans régner par tyrannie,
Les autres par pitié mettront fin à ma vie,
Finissant leur querelle en l'instant de ma mort.

Alors que de l'amour j'ay choisi les délices,
Pour adoucir l'aigreur des injustes suplices,
Dont ce cruel Tyran nourrissoit mes mal-heurs :
Je me suis bien promis ce desplaisir extresme,
Et résolvant d'aimer, j'ay creu que l'amour mesme
Pour le moindre plaisir donnoit mille douleurs.

Aussi n'ay-je point peur de la fière menace
Du Tyran de mes jours, et ne veux point de grâce
D'un qu'il me déplairoit de ne point offenser,
Et pour toy, mon Tyrsis, je veux encor qu'il croye,
Que plus j'auray de mal et plus j'auray de joye,
Mon amour par les coups ne pouvant se blesser.

Ce qui peut de mes yeux arracher quelques larmes,
Entre tant de périls, et si grandes alarmes,
N'est que le seul penser de nostre changement :
Non, non, je ne crains point de mourir pour ma flame,
Mais bien de voir vivante entrer dedans ton âme
Le mespris de nos feux en nostre esloignement.

Encor que ce cruel ne m'oste point la vie,
Je seray, ce dis-tu, tellement asservie,
Que tu n'auras jamais le moyen de me voir,
Ne rends point pour cela mes amours délaissées,
Nous défendans les yeux aimons-nous des pensées,
Sur elles les tyrans n'ont jamais de pouvoir.

Ayme-moy, je seray tousjours assez contente
Au milieu des prisons, quoy que l'on me tourmente,
Je seray tousjours libre, et riray de mon sort :
Ton amour seulement ma Parque veut poursuyvre,
Si tes feux sont vivans, je veux encores vivre,
Mais s'ils sont estouffez, je veux chercher la mort.

Ha Tyrsis, je voy bien sous ta discrette fainte,
Que de tes yeux premiers la chaleur est esteinte,
Pouvant par un adieu mes maux précipiter :
Mais ta discrétion de ma perte est suyvie,
Car si pour me quitter tu veux sauver ma vie,
Je la veux perdre aussi plustost que te quitter.

J'offriray sans trembler à mon fier homicide,
Le sein où tant de fois ta lèvre douce, humide,
A succé tant de fois les délices d'amour,
Et la dernière voix qu'on oyra de ma bouche,
Ce sera mon Tyrcis, encor que ce farouche,
En haine de Tyrsis me ravisse le jour.

Si par cet accident ma jeunesse est bornée,
Vis heureux au bonheur d'une autre destinée,
Et si pour un autre œil tu rengage ta foy,
Dis-luy que tu t'es veu tant aimé d'une Dame,
Que courant au malheur aux esclairs de sa flame,
Elle est morte plustost que de vivre sans toy.

SONNET

Heureux cent fois l'instant, heureuse la journée,
Heureux l'astre bénin qui vit naistre mon mieux,
Heureuse ceste main qui par l'arrest des Dieux
Sur le fuzeau fatal fila ma destinée.

Autant aimé qu'aimant ma peine est terminée,
Mon délice renaist au feu de deux beaux yeux,
Et Jupiter me doit envier dans les Cieux
La faveur que l'Amour en terre m'a donnée.

Non, je n'aime rien tant que mon heureux servage,
Pouvant lier ma belle en un mesme cordage,
Et mon desir estant par elle souspiré.

Nourrissons donc, mon cœur, ces flames commencées,
Puis que par les destins nos vœux et nos pensées
Sont establies ès loix de l'amour desiré.

STANCES

Verray-je pour jamais l'object de mes douleurs
Ne vouloir point cesser ses rigueurs et ses fuittes ?
Dieux, faites pour le moins après tant de malheurs
Et mourir mon espoir, et finir mes poursuittes.

Signalez mon amour par la fin de mes feux,
Incitant à la mort ce qui ne peut plus vivre,
Rien qu'elle ne sçauroit estre propre à mes vœux,
Mes vœux n'arrestant point ce qu'Amour me fait suivre.

En l'estat où ce Dieu me contraint de souffrir,
La douleur vainement de l'espoir est suivie,
Après tant de moyens recherchez pour guarir,
Rien ne me peut guarir que la fin de la vie.

Aussi bien je le voy, tout nuit à mon desir,
Ne pouvant alléger les feux de ma poictrine,
Du mesme œil qui me plaist je prends mon desplaisir,
Et ce qui me nourrit est ce qui me ruine.

Vivant je ne vis pas, ou je vis en douleur,
Ne pouvant estre égal auprès de ma Déesse,
Et si pour quelque temps je bénis sa douceur,
Incontinent après je maudis sa rudesse.

Ne sentant point mon mal son âme n'en croit rien,
Gaye en mon desplaisir elle rit de ma peine,
Riant avecques moy si je desire un bien,
Aussi tost mon desir me la rend inhumaine.

Tout luy plaist fors un poinct, hélas tyran des Dieux,
Tousjours d'un fol espoir faut-il que tu me flatte,
Et faut-il qu'à jamais esclave de ses yeux
Seulement un desir me la rende une ingratte ?

LES ENFANS DE BELLONNE

CONTRE LE CARTEL DES SCYTES. 1609

AUX DAMES

Amoureuse divinité,
Ce n'est point la témérité
Ny la folle audace des Sytes
Qui nous fait venir en ces lieux,
C'est la puissance de vos yeux,
Et le renom de vos mérites.

Vous acquérez les libertez
Des peuples les plus escartez
Au seul récit de vos merveilles,
Et par un incogneu pouvoir
Tous ceux qui vous restent à voir
Vous sont acquis par les oreilles.

Aussi venons-nous en ces lieux
Monstrer à ces audacieux
Nostre valeur accoustumée
Pour plaire à vos divinitez,
Confessant que les véritez
Passent bien loin la renommée.

Nous rendons les Scytes espars,
Pour nous sera le champ de Mars,
Et celuy d'Amour sera vostre :
Mais l'effect n'en est pas commun,
Car si nous sçavons vaincre en l'un,
Vous pouvez surmonter en l'autre :

C'est à vos yeux que nous rendons
La gloire que nous attendons
Des lauriers qui couvrent nos testes :
Mais au moins, beaux yeux, rendez-vous
En vos victoires aussi doux
Comme puissans en vos conquestes.

Aussi de mille attraicts vainqueurs
Puissiez-vous obliger les cœurs
Qui sont à l'Amour plus rebelles,
Employant les mesmes efforts
Que nous employons sur les corps
Dessus les âmes infidelles.

SATYRE

Brave qui tuez en discours,
Dont l'âme se voit tous les jours
De vanitez enveloppée,
Que le Ciel vous auroit aimé
S'il vous avoit faict naistre armé
De courage et de bonne espée.

Tous les volages de la Cour
Peuvent bien mesdire à leur tour
Quand leur espérance est trompée :
Mais encor est-il pour eux tous
Plus pardonnable que pour vous,
Car ils ont bien meilleure espée.

Je pardonne à vos vanitez,
J'excuse vos tours effrontez,
Et vostre ordinaire équipée :
Mais je ne vous puis pardonner
Quand je vous voy si mal mener
A faute d'une bonne espée.

J'aime par tout, ce dictes-vous,
Je fais un monde de jaloux,
Par tout mon âme est occupée,
Ce ne m'est point tant de malheur
Que ce vous est de deshonneur
De porter si mauvaise espée.

Mon mignon, c'est trop cajoller,
Vostre geste et vostre parler
Ne serviront pas de pippée,
Pour le moins gaussez doucement,
Car pour mesdire librement
Il faut avoir meilleure espée.

CHANSON

Je voy bien quel est ton dessein,
Belle volage qui m'enflame,
Tu veux nourrir dedans mon sein
Ce que tu chasse de ton âme.

Tu veux exempte de mon sort
Réduire mes sens en servage,
Et seurement dessus le bort
Prendre plaisir à mon naufrage.

Pourquoy me dis-tu qu'en un jour
Une flame n'est poinct parfaicte,
Comme si la force d'amour
Devoit aux jours estre subjecte.

Les Dieux font autant par instans
Que nous par des longues distances,
Et pour estre subjets au temps
Il leur faudroit changer d'essences.

Un œil de petite clarté
Rend bien sa blesseure foiblette :
Mais un œil parfaict en beauté
N'a poinct de blesseure imparfaicte.

Ne te plains doncques si tu voy
Mon âme au mal impatiente,
Je n'aurois point d'amour pour toy
Si j'estois capable d'attente.

FIN

BIBLIOGRAPHIE

DES

OUVRAGES D'ESTIENNE DURAND

Nous complétons les indications de G. Colletet sur les œuvres d'Estienne Durand par leur description bibliographique :

A) « Les Espines d'Amour, *où sont traitées les infortunées Amours de Philadon et Caulisée. Par Estienne Durand. A Mademoiselle de Fourcy l'aisnée. A Paris, chez Gilles Robinot, tenant sa boutique au Palais, en la petite Gallerie allant à la Chancellerie, 1604* ». Petit in-12 de 163 p. Titre. P. 3 : Epitre dédiçatoire « A Mademoiselle de Fourcy l'aisnée » (sa cousine), sig. E. Durand ; p. 6 : Sonnet à la dicte damoiselle de Fourcy avec son anagramme ; p. 8 et 9, un avis « Au Lecteur ». (Bibl. de l'Arsenal, 16.111)

Une seconde édition a paru en 1608 sous le même titre : « A Rouen, chez Pierre L'Oyselet, tenant sa boutique au Palais contre la geôle et au portail des Libraires, 1608 ». Petit in-12 de 84 p. (Bibl. de l'Arsenal, 16.112)

Ce petit roman mélangé de prose et de vers (242 vers en 6 pièces) est d'un intérêt très relatif. En voici la trame : Philadon, voisin de Caulisée — ils habitaient à cinq lieues l'un de l'autre — s'en éprend à leur première rencontre et son amour est partagé. Par malheur, il était accompagné de son ami et confident Sinnorix. Celui-ci ne peut résister aux charmes de Caulisée, et transporté de rage de la voir rester insensible à ses avances, il tue Philadon dans une partie de chasse. Après ce crime, il demande immédiatement à Urie, mère de Caulisée, la main de sa fille. La pauvre Caulisée, instruite par la Renommée du nom du meurtrier de son amant, écrit à Sinnorix en lui reprochant son infamie, puis feignant d'obéir aux injonctions maternelles, elle l'épouse dans l'intention de l'empoisonner et de s'empoisonner avec des confitures préparées par elle à cet effet. Au moment de mourir ensemble, elle lui rappelle son forfait et Sinnorix, estimant son châtiment juste et mérité, refuse un contre-poison.

B) *Ballet de la femme sans teste fait par M. de Montmorency devant le Connétable, en son hôtel le 24 Février 1610* (Beauchamps : Recherches sur les théâtres en France depuis 1161 jusqu'à présent. Paris. Prault. 1735, in-4, p. 26 de la IIIᵉ partie).

C) *Méditations de E. D.*, fleuron au-dessous du titre, 4 ff. liminaires pour le titre, l'épître dédicatoire : D. à son Uranie; sonnet au sieur D. sur ses Méditations, signé A. P.; sur les Méditations du sieur D. (stances), signées C. O.; *Id.* (stances), signées L. D.; *Id.* (Madrigal), n. s. In-12. — P. 1 à 158.

Trois pièces seulement de ce recueil ont été imprimées sans signature dans le « Cabinet satyrique, 1618 » :
Dialogue amoureux de Lisis et d'Amarante : *D'où vient que tu t'enfuis mauvaise*
Stances : *Perrette estant dessus l'herbette*
Dialogue amoureux de Miris et Phénice. Sonnet : *Que t'en semble m'amour, avois-je pas raison*

D) *Description du Ballet de Madame, sœur aisnée du Roy. Lyon, Fr. Yvrard. Prins sur la copie imprimée à Paris, avec Privilège du Roy. M.DC.XV. Avec permission.* In-12. P. 3 à 31. (Bibl. Nat., Yf, 8.938)

P. Lacroix, dans son recueil « Ballets et mascarades de cour de Henri III à Louis XIV (1581-1652) recueillis et publiés d'après les éditions originales », Genève, Gay et fils, 1868-1870, 6 vol. in-12, n'a pas reproduit la « Description » ci-dessus, qui seule contient six pièces de vers de Durand, deux de Bordier et une de Malherbe. Il n'a cité de ce ballet que la plaquette « Explication allégorique du ballet de Madame, 1615 » (T. II, p. 61).

Par contre, G. Colletet ne mentionne pas un autre ballet dont l'épître dédicatoire est signée Durand et qui renferme cinq pièces de ce poète, les autres sont de Bordier et de Guédron. En voici le titre :

E) « *Discours au vray du ballet dansé par le Roy, le Dimanche XXIXe jour de Janvier M.VIe.XVII (1617) avec les desseins, tant des machines et apparences différentes que de tous les habits des Masques. A Paris, par Pierre Ballard, Imprimeur de la Musique du Roy, demeurant ruë Sainct-Jean de Beauvais, à l'enseigne du Mont-Parnasse, 1617. Avec privilège de sa Majesté* ». In-4. P. 1 à 35. (Bibl. Nat., Yf, 1.204 Rés.)

Le sujet de ce ballet est la délivrance de Renault. Il a été réimprimé par P. Lacroix dans les « Ballets et mascarades de Cour », T. II, p. 97.

2° Manuscrits

La Riparographie, pamphlet en faveur de la Reine-Mère et de Concini contre Louis XIII et le connétable de Luynes. Il avait été écrit en italien par les frères Sity, Durand l'aurait traduit en français et amplifié.

Ce pamphlet a été brûlé, en même temps que Durand et François Sity, le 19 Juillet 1618.

NOTES JUSTIFICATIVES

(1) Sur la garde de l'exemplaire des *Méditations*, on lit de la main de M^r le baron Jérôme Pichon : « Je crois que ce livre est de Gilles (Egidius) Durant qui a signé Æ. D. ses imitations de Jean Bonnefons. B. J. P. 1887 ».

(2) M^r Ed. Tricotel en a publié une trentaine de lignes dans un article sur Estienne Durand (Bulletin du Bibliophile, Octobre 1859, p. 656).

(3) Guillaume Colletet s'est trompé, nous l'avons déjà dit, au sujet de l'année de la naissance d'Estienne Durand. Se basant sur l'avis « Au Lecteur » de l'édition de 1608 des *Espines d'Amour*, il l'a fixée à 1590; il ignorait que ce petit roman avait paru quatre années auparavant, en 1604, avec le même avis, ce qui permet de reporter à 1585 la date en question.

Voici le passage auquel Colletet s'était arrêté : « Toy qui (distraict de tes sérieuses occupations) jetteras tes yeux sur ses *Espines*, que le dix-huictiesme April de mon aage a produict... »

Il n'est plus question d'Estienne Durand, en dehors de Colletet, après 1618. Il est cité seulement : Durant, parisien, sans autre commentaire dans la « Liste des poètes françois » donnée par Honorat de Meynier dans ses « Meslanges poétiques » 1634, 2 parties en 1 vol. in-8.

(4) « La Riparographie. » Que signifie ce mot? Voici différentes réponses adressées à l'Intermédiaire des Chercheurs et Curieux :

Boiste (Dict. 7e éd. 1829) donne : « Riparographe, qui écrit sur des bagatelles »; « Rhyparographe » — plus exact, à cause de l'esprit rude de Rhuparos, en grec, « peintre d'objets communs, et Rhypographe, peintre de bambochades, » — du grec Rhupos, saleté, Rhuparos, sale.

Gattel (Dict. 2º éd. 1813): « Rhypographe, ce que nous nommons peintre de bambochades ».

. V. Landais (Dict. 1867, 15ᵉ éd.) : « Riparographe. V. Rhypographe, aujourd'hui on dit : peintre de caricatures. Rhypographie, description, peinture de bagatelles, de pochades ».

Littré (Suppl. au Dict.) : « Rhyparographe, peintre qui s'exerçait sur une nature triviale ; Rhyparographie, œuvre, travail des rhyparographes ». Il donne aussi : « Rhopographie, peinture d'objets vulgaires ; peinture de genre, le même que Rhyparographie ; Rhôpos, menus objets de vente ».

La Rhyparographie, de rhupares, sale, et graphò, je décris : peinture d'objets sales, obscènes (Larousse). — (Dict. grec-français d'Alexandre, etc.).

Les Grecs appelaient ryparographes, « peintres de sujets méprisables » les peintres qui s'adonnaient à la reproduction de la nature morte et à la peinture dite de genre, les Teniers et les Degoffe de l'antiquité. Il s'agissait de rabaisser le vol scandaleux de la faveur du fauconnier Albert de Luynes ; ripozo ou riparographie revenait à dire, pour les bons entendeurs : « Discours d'un sujet méprisable », construction bien conforme à la phraséologie de l'époque, qui revient à dire en français plus moderne : Etude biographique sur un sujet digne du mépris et non de la faveur de son roi. Il y a jeu de mots voulu, très probablement.

(5) « Il (Durand) mourut assez constant et demanda pardon à Dieu et au Roy de son délict. Deux jeunes gentilshommes frères, Italiens de nation, qui s'estoient meslez de transcrire et traduire de François en Italien son livre diffamatoire, furent aussi exécutez à mort. L'un fut pendu et l'autre roué… J'ay esté spectateur de cette mort tragique » (Boitel, sieur de Gaubertin, *Théâtre de Malheur*, 1621, T. III, p. 106).

(6) Guillaume Colletet était né le 12 mars 1598; en 1618 lors de sa visite à Estienne Durand, il avait donc 20 ans.

(7) G. Colletet commence ici à reproduire textuellement un passage de la « Description du Ballet de Madame » (voir la Bibliographie), il ne continue sa narration personnelle qu'après « les accords passés entre les deux Roys ».

20

(8) « Mercure françois », T. IV, 1615, p. 9 à 24. (Bibl. Nat., Lb ^{35} 7)

(9) « Durant, l'un des gentils Poëtes de son temps, inventif à dresser des ballets, et Siti, Florentin, qui avoit esté Secrétaire du jadis Archevesque de Tours, frère de la Mareschalle d'Ancre, pour avoir ensemblément composé un libelle diffamatoire sur les affaires du temps, furent par arrest des dits sieurs du Grand Conseil du 16 juillet (cette date est erronée, l'arrêt fut rendu le 19), atteints et convaincus du crime de lèze Majesté, et condamnez d'estre rompus et bruslez avec leurs escrits en la place de Grève, après avoir fait amende honorable devant Nostre-Dame : ce qui fut exécuté le dit jour : et le frère du dit Siti pour en avoir fait des copies, fut pendu ». (Mercure françois, T. V, 1618, p. 268, Bibl. Nat., Lb ^{35} 7)

(10) « Les Oracles françois ou explication allégorique du Balet de Madame, sœur aisnée du Roy. Ensemble les paralelles de son Altesse avec la Minerve des Anciens : et le Parnasse Royal sur le mesme subject. Œuvre soigneusement recerché (sic) et curieusement enrichi d'allégories, mythologies, et morales conceptions tirées tant des meilleurs Poëtes et Historiens grecs et latins ; que des préceptes de la Philosophie. Par Elie Garel. A Paris, chez Pierre Chevalier, rue Saint-Jacques, à l'image Sainct Pierre, près les Mathurins. M.DC.XV (1615). Avec privilège du Roy ». In-8 de 2 ff. prél., p. 1 à 299 et 3 ff. n. chif. pour le privilège et l'errata. (Bibl. de l'Arsenal, 2 exempl. : 11.473 incomplet, et 11.474)

Elie Garel, angevin, sieur des Boisrichers, fut prisonnier de guerre à Poitiers pendant les guerres civiles de M^r le baron de Sainte-Gemme. Voici un passage de ses « Oracles françois » où il parle de Durand : « (Le génie de la Poésie)... a porté les esprits du sieur Durand ès lieux plus fréquentez de la troupe immortelle, où en un moment devenu prophètic comme l'on dit d'Hésiode ès vallors d'Ascrée, sous des fictions empruntées, il nous fait entendre la voix du Ciel et fouiller en l'estomac caché du temps avenir... ».

(11 et 12) Estienne Durand est qualifié de la sorte dans la « Description du ballet de Madame, sœur aisnée du Roy. Lyon. Fr. Yvrard. Prins sur la copie imprimée à Paris 1615 ». In-12. (Bibl. Nat., Yf, 8.938)

Les commissaires des guerres faisaient les revues, les contrôleurs tenaient les contrôles de ces revues.

Consulter : Histoire des institutions militaires de la France, par le capitaine Sicard, 1834, T. I. — Monteil : Histoire des Français des divers états, 4ᵉ édition, T. IV; xvııᵉ siècle. Paris, 1853. In-12 chap. XVII, p. 60 à 62 et notes. Traité des matériaux manuscrits, par le même, ch. IV. — Briquet : Code militaire. — Lachenaye : Dictionnaire militaire. — C. P. Daniel : Histoire de la milice française. — De Chenevières : Détails militaires, au chap. Revues.

Adrien Pascal (Histoire de l'armée et de tous les régiments) dit à ce sujet :

« Sous le règne de Henri III (1577), il existait les commissaires du roi, dont la charge était de veiller à la police et au payement des troupes, à la fourniture des vivres et fourrages, suivant les revues, au règlement des contributions, à l'établissement des sauvegardes, à celui des hôpitaux, etc... Henri IV créa des commissaires provinciaux des guerres... Les commissaires provinciaux des guerres veillaient à la distribution des étapes fournies aux troupes de passage dans leurs provinces, et prenaient la conduite des troupes quand le bien du service l'exigeait ».

(13) « Thuana sive excerpta ex ore. Jac. Aug. Thuani. Per. F. F. P. P. (A la Sphère) ». S. I. 1669, p. 48. In-8. (Bibl. Nat., Z, 18.247)

(14) Charles, sieur d'Humières, marquis d'Ancre, seigneur de Braye et de Miraumont, chevalier des ordres du Roy, gouverneur de Compiègne durant la Ligue, puis lieutenant général en Picardie, tué d'un coup de mousquet à la prise de Ham par les Espagnols le 10 juin 1595.

(15) Marie Le Comte, suivant la généalogie du Ms. 31.039 (Cabinet d'Hozier), après la mort de Jean Iᵉʳ de Fourcy, commissaire ordinaire des guerres, « se remaria à Laurent Bellanger, seigneur de Pommeuse, contrôleur ordinaire des guerres, duquel elle était veuve en 1587 ». Elle en eut deux enfants : François, et Laurent mort avant 1620 qui avait épousé Anne Lecomte (P. O. Ms. 272 de la Bibl. Nat., pièce 11). Estienne Durand, le poète, n'a donc pas dû connaître son grand-père de Fourcy, mais seulement sa grand'mère qui était devenue Marie Bellanger.

« Le fief de Pommeuse était un des quatre ou cinq fiefs dépendant de Chessy, aujourd'hui commune de 450 habitants sur une colline de la rive gauche de la Marne, canton de Lagny, arrondissement de Meaux. Son territoire s'étend sur 574 hectares et n'a pas de hameaux. C'était autrefois une paroisse du diocèse de Paris.

« Ce fief de Pommeuse était dans la mouvance des religieux de Lagny, et tenu en 1520 par Nicolas de La Barre, en 1536 par Nicolas de Livre, secrétaire du Roy, qui le vendit à Laurent Bellanger (et non Bérenger, comme écrit Mr Lhuillier), contrôleur des guerres (1574).

« En 1590, par suite d'arrangement avec François et Laurent Bellanger, ses frères maternels, Jean de Fourcy recueillit le fief de Pommeuse avec sa haute justice.

« Depuis quelques années (1586 et 1588) une bulle du Pape Sixte-Quint et des lettres patentes d'Henri III avoient autorisé la vente de certains biens ecclésiastiques, pour subvenir aux contributions imposées au clergé « à l'occasion de la guerre contre les hérétiques ». L'abbaye de Lagny devait fournir un lourd subside, d'autre part il lui fallait réparer ses bâtiments, son cloître, son église, saccagés et en partie détruits. Le 25 Avril 1592, les abbé, prieur et religieux vendirent la seigneurie de Chessy, peu étendue, consistant surtout en droits féodaux; c'est Jean de Fourcy, alors Trésorier de France et Surintendant des bâtimens du Roy, qui s'en rendit acquéreur moyennant 1.300 écus d'or sol. En 1598, l'abbaye lui céda encore 145 arpents de terre à Chessy pour 3.800 écus sol. Des arrêts d'homologation et de ratification intervinrent en 1600 et en 1615, qui permirent à Jean de Fourcy de se constituer un domaine sortable ». (Th. Lhuillier)

(Almanach hist. topog. et statistique du Département de Seine-et-Marne et du Diocèse de Meaux. 24e année. 1884. Meaux. Blondel et Paris. Fr. Henry).

Voir aussi un reçu de Anne Lecomte, veuve de Laurent (IIe du nom) Bellanger. (P. O. 272. Ms. de la Bibl. Nat.)

(16) « Henry par la grâce de Dieu Roy de France et de Navarre, à Noz amez et feaulx les gens de nos Comptes à Paris, salut. Nostre cher et bien amé Estienne Durand conseiller et conterolleur ordinaire et provincial de noz guerres au gouvernement de l'Isle de France, Nous a fait dire et remonstrer qu'en ensuivant ses lettres de

provision, du d. office du vingt cinq° jour de may mil cinq cens quatre vingtz quinze, et expédition sur Icelle, M° Estienne Regnault, Tresorier général de l'extraordinaire de nos guerres en la d. année, ou son Commis luy a payé la somme de cent seize Escuz deux tiers revenans a trois cens cinq^{te} livres pour ses gaiges au d. office appartenans depuis le premier jour de *Juing qu'il paya la finance* de la composition de son d. office jusques au dernier jour de décembre en suivant et Icelle somme couchée et Employée en la despense du compte qu'il a rendu pardevant vous de sa charge pour la d. année quatre vingtz quinze. Tant en vertu de ses lettres de provision, Expédition sur Icelles, que de la quittance du *Marc d'or*, produitz et Renduz sur le d. compte. En procédant a la closture duquel pour ce que le dit Durand n'a esté Receu et Installé audit office que le vingt six° jour dud. mois de Juing et qu'il a prins ses d. gaiges et taxations extraord^{res} du d. premier jour de juing, ainsy que nous les luy avons ordonné par ses d. lettres de provision en considération *de la finance* qu'il nous a pour ce dès lors payée, vous avez Rayé les d. gaiges et taxations au d. compte. Néantmoins tenu en souffrance jusques à six mois, pendant lesquelz avez Reservé a luy faire droit. Raportant Lettres de *declation* plus ample de nostre volonté. Pour ce est-il que nous ayant Egard que la cause *motive* de luy avoir ordonné par nos Lettres de provision les susd. droits et gaiges Extraordinaires; A commencer du jour et datte d'Icelles, a esté en considération de *la finance* qu'il en paya pour ce des lors en nos parties casuelles. Joint ce qu'il a commancé dès le dit jour l'Exercice de la d. charge, désirant favorablement traitter led. suppliant et le faire jouir du contenu en ses dittes Lettres de provision. Vous Mandons, commectons et très expressément Enjoignons que reprins par vous led. compte de l'extraord^{re} de lad. année cinq cens quatre vingtz quinze; vous passez, allouez et Retablissez en la despense dud. Regnault lad. somme de trois cens cinq^{te} livres, à quoy montent les d. cent seize Escus deux tiers par vous *Rayée et tenue en souffrance* ainsy qued. est. Et laquelle nous voullons estre par vous passée et allouée sans difficulté en ayant en tant que besoing est ou seroit fait et faisons don au d. Durand Nonobstant quelsconques ordonnances, mandemens *uz, stil*, Rigueur de Compte, Restrinction ne defense à ce contraires. Car Tel est Nostre plaisir. Donné à Paris le huitie. jour de décembre l'an de grace Mil six cens deux et de

nostre Règne le quatorzième. Signé par le Roy en son Conseil
Renouard et scellé sur simple queue du grand sceau de cire jaune. »

« Veu par la Chambre les Lettres pattentes du Roy données à Paris
le huitieme jour de decembre dernier passé, signées par le Roy en
son Conseil Renouard, obtenues et a Elle presentées par M' Estienne
Durand conseiller conterolleur ordinaire et provincial des guerres au
département de l'Isle de France, par lesquelles et pour les causes y
contenues led. sieur veult et mande a lad. chambre que Repris par
elle le Compte de l'extraord^re Rendu par Me Estienne Regnault
durant l'année mil cinq cens quatre vingtz quinze, Elle ayt a resta-
blir passer et allouer purement et simplement en la dépense d'Icelluy
la somme de Trois cens cinquante livres, a quoy montent et revien-
nent les gaiges dud. Durand, a son d. office appartenans depuis le
premier jour de juing mil cinq cens quatre vingtz quinze qu'il paya a
sa Majesté *la finance* de la composition d'Icelluy, jusques au dernier decembre en suivant au d. an, sans plus y faire aucun Reffuz ny
difficulté, ainsy qu'il est plus au long contenu ès d. Lettres, l'extract
de la d. partie pris sur le double du compte du dit Extraordinaire de
l'année mil cinq cens quatre vingtz quinze; L'acte du controlle
Rendu en lad. chambre par l'impétrant du fait de sa charge durant
lad. année mil cinq cens quatre vingtz quinze. Et autres suivantes.
La Requeste presentée a la d. chambre par le d. Impétrant Tendant
afin de verification des d. Lettres. Conclusions sur ce prises par le
procureur général du d Sieur auquel *le tout* a esté communiqué et
tout consideré. La Chambre en Enthérinant les d. Lettres a ordonné
et ordonne que l'impétrant jouira de l'effet et contenu en Icelles
selon leur forme et Teneur, fait le Troisième jour de febvrier mil six
cens trois. Signé, Le Prevost.

« Collationné par nous Conseiller Maitre à ce commis ».

Lourdet ».

(Archives Nationales, U. 785, f. 311)

(17) « Je Estienne Durand, conterolleur ordinaire des guerres,
« confesse avoir eu et receu comptant de Me Loys Habert, conseiller
« du Roy et conterolleur ordinaire de ses guerres, la somme de
« trente-six escus sol à moy ordonné par le dict Sieur pour mes
« gaiges à cause de mon estat de conterolleur ordinaire des guerres

« du quartier de Juillet, Aoust, Septembre mil cinq cens soixante
« dix-huict de laquelle somme de trente escus sol je me tiens
« content et bien payé et en ay quitté et quitte le dict Habert,
« Trésorier sus dict et tous aultres tesmoins mon seing cy mis le
« huictième jour d'Avril mil cinq cens soixante dix-neuf.

Signé : Durand ».

(Bibl. Nat., Fr. 27522 (P. O. 1038), dossier 23866, pièce 9)

« Je Estienne Durand, con^{eur} ordinaire des guerres, confesse
« avoir receu comptant de Monsieur Le Charron, conseiller du Roy
« et trésorier général de l'ex^{re} de ses guerres par les mains de
« Me Lauland de Neufbourg, trésorier provincial du dict extraordi-
« naire au Gouvernement de Metz, païs messin et Verdun, la somme
« de vingt escus sol en testons à 14 sols six deniers pièces et mon-
« naie de douzains à moy ordonnée par Monsieur de Moncassin,
« lieutenant-général au gouvernement de Metz et païs messin, pour
« ma taxation extraordinaire d'avoir vacqué au controlle des monstes
« et revues des partyes des bandes et compagnies des gens de
« guerre estant au Gouvernement pour deux mois de cette présente
« année que sa majesté ne veu estre spécifiée et ne déclarée de
« laquelle somme de xx escus sol je me tiens pour content et bien
« payé et dont j'ay quitté et quitte le sieur Le Charron, trésorier
« sus nommé et tous autres. Tesmoing mon seing manuel cy mis à
« Metz ce xviiie jour d'avril mil cinq cens quatre xx-six (1586).

Signé : Durand ».

(Bibl. Nat., Fr. 27522 (P. O. 1038), dossier 23866, pièce 10)

(18) « Je Estienne Durand, conseiller du Roy, conterolleur ordinaire et provincial de ses guerres au Gouvernement de l'Isle de
France, demeurant à Paris, confesse avoir eu et receu de noble
homme (le prénom en blanc) Sene (ou Seve) aussi conseiller du dict
Sieur, receveur général et payeur des rentes assignées sur le clergé
de France, la somme de trente livres tournois pour ung quartier
escheu le dernier jour de juin 1599 à cause de CXX (120) livres de
rente à moy appartenant comme ayant les droicts cédés de Damoiselle
Marie Le Comte, veufve de feu Me Iehan de Fourcy, à laquelle ils
ont esté vendus et constitués par la Ville de Paris dès l'année 1564

le mercredi XIIIe jour d'apvril sur les 60.000 livres tournois de rentes vendues et aliénez par sa Majesté sur les biens temporels du dict clergé et autres déclaré es dites lettres de laquelle somme de ( ) je me tiens pour content et en quite le dict sieur et autres. Faict sous mon seing cy mis le XX May 1603.

Signé : Durand ».

(Bibl. Nat., Fr. 27523 (P. O. 1639), dossier 23879, pièce 6.)

Cet Estienne Durand paraît être le même que celui des reçus de 1579 et 1586, les signatures étant presque identiques.

(19) Voici l'épitaphe de Marie de Fourcy, maréchale d'Effiat, dans l'Eglise de Chilly-Mazarin (arr. de Corbeil, Seine-et-Oise), inscription sur marbre noir :

Soubs cette tombe repose le corps de ..... Marie de Fourcy qui demeura vefve en l'année 1632 à l'âge de 43 ans ..... de qui elle eut six enfans ..... Martin Ruzé,..... Henry Ruzé,..... Jean Ruzé,..... Marie Ruzé,..... Ruzé décédé en bas âge ..... cette ..... vefve ..... se con-sacra toutte entière aux deux principaux devoirs d'une vefve chretienne : l'éducation de ses enfans ou elle n'oublia rien de tout ce qui estoit le plus capable de leur inspirer les vertus moralles et chrestiennes, et le soulagement des pauvres ..... qu'elle faisoit habiller, nourrir et secourrir dans leurs maladies ... . et non contente de les avoir assistez pendant sa vie elle a voulu qu'ils se ressentissent encore de ses libéralités après sa mort qui arriva le 17 janvier 1670, la 81e année de son âge, laissant par testament aux pauvres de sa paroisse de Chilly ..... la somme de 20.000 l. et couronnant la longue suite de ses bonnes œuvres par ce dernier effet de sa charité qui mérite que non seulement ceux qui les ont receus mais que tous les fidelles qui liront cette inscription offrent pour le repos de son âme leurs prières à celuy qui a promis de traiter avec miséricorde ceux qui auront fait miséricorde.

Requies Cat in pace.

(Patrice Salin. Notice sur Chilly-Mazarin, Paris, 1867, in-4.)

Si Marie de Fourcy avait 43 ans en 1632 et est morte en 1670 à 81 ans, elle serait née en 1589.

Robinet, dans sa Gazette du 25 janvier 1670, en annonçant sa mort, lui donne 84 ans :

Ayant un siècle moins seize ans
Avec tout le mesme bon sens
Et la vigueur de corps et d'âme
Qu'auroit eu la plus jeune dame,
Et pour vous dire encore plus
Maintes excellentes vertus,
Entre lesquelles un veuvage
De trente-huict ans et d'avantage...

L'erreur est manifeste, son père Jean II de Fourcy ne s'étant marié que le 10 mai 1587.

Nous ne connaissons aucun portrait de Marie de Fourcy, il n'est pas au Cabinet des Estampes de la Bibl. Nat.

(20) Voici les étapes successives de la fortune d'Antoine Coiffier ou Coeffier, dit Ruzé, marquis d'Effiat et de Chilly, baron de Massy et de Longjumeau (1581-1632), qui fut institué héritier par son oncle Martin Ruzé, seigneur de Beaulieu, Chilly et Longjumeau, Secrétaire d'Etat et Grand Trésorier des Ordres du Roy, mort le 6 novembre 1613, âgé de 86 ans, à condition de porter son nom et ses armes. 1614 : Grand Maître, surintendant général réformateur des Mines et Minières de France ; 7 août 1616 : Premier écuyer de la Grande Ecurie ; 1617 : Capitaine de chevaux légers ; 30 octobre 1619 : Envoyé en Flandre ; 1625 : Grand-Collier du Saint-Esprit ; 1626 : Surintendant des Finances ; 24 mars 1627 : Conseiller d'honneur au Parlement ; 1629 : Grand Maître de l'Artillerie ; 1630 : Lieutenant-général en Piémont ; 1er janvier 1631 : Maréchal de France, Sénéchal de Bourbonnais et Auvergne et pourvu des gouvernements d'Anjou, de Bourbonnais et d'Auvergne.

(21) Cette traduction du conte de Joconde est la première, croyons-nous, en vers français. Elle est bien supérieure à celle de Bouillon sans pouvoir être mise en parallèle avec l'imitation de La Fontaine.

(22) Voici ce que disent les Mémoires de Richelieu et de Fontenay-Mareuil du procès des Siti et de Durand :

« Il (Luynes) parachevoit de ruiner, tant qu'il pouvoit le parti qui lui étoit contraire, à opprimer Barbin et à lui faire condamner toute la conduite de la Reine. Ce procès faisoit de grand bruit à la Cour, et sembloit qu'il y eut des menées capables de renverser toute la France : on sollicitoit, de la part du Roi, les juges avec instance, comme on avoit fait ceux de la Maréchale d'Ancre ; on demandoit gain de cause et non justice.

« On mêla à cette affaire quelques personnes qui, par leur imprudence, avoient fait quelques écrits mal digérés sur le sujet de Luynes et des affaires du temps. Durand fut mis prisonnier pour ce sujet, et un nommé Sity, florentin, qui avoit été secrétaire de l'Archevêque de Tours, frère de la Maréchale d'Ancre. Un même livre fut imputé à tous deux, et même peine leur fut ordonnée d'être rompus et brûlés avec leurs écrits en la Grève, et un frère du dit Sity qui n'avoit fait simplement qu'en transcrire une copie fut pendu... ».

(Mémoires de Richelieu, éd. de 1837, T. II.)

« En ce même temps, on fist mourir un nommé Durand qui faisoit tous les ballets du Roy, et deux italiens qui avoient esté domestiques du Maréchal d'Ancre pour quelques escrits faits à la louange de la Reyne-Mère et contre le Gouvernement présent ». (Mémoires de Fontenay-Mareuil, p. 418)

(23) Les Archives Nationales ne possèdent que le texte de l'arrêt de condamnation. Toutes les pièces de la procédure ont été détruites.

(24) Cinq-Mars, en supplantant Richelieu, espérait obtenir le titre de Connétable qui lui aurait permis d'épouser Marie de Gonzague. L'opposition du puissant Cardinal à ce projet d'union, caressé par sa mère, Marie de Fourcy, marquise d'Effiat, aurait été la cause principale de la participation du grand écuyer de Louis XIII au complot organisé avec le concours de Gaston d'Orléans. En effet, parmi les six raisons que Cinq-Mars aurait communiquées au chancelier Séguier de son aversion contre le cardinal de Richelieu « à condition qu'il ne se serviroit point en qualité de juge de la cognoissance qu'il lui en donneroit et qu'il ne parleroit à personne qu'à Monsieur le Cardinal, ce que Monsieur le Chancelier lui promit et tint parole », nous relevons la cinquième : « Que (Cinq-Mars) luy

parlant de la princesse Marie luy dict que sa mère vouloit faire le mariage de luy avec elle, Son Eminence luy dict que sa mère estoit une folle et que si la princesse Marie avoit cette pensée qu'elle estoit plus folle que sa mère, qu'ayant esté proposée pour femme de Monsieur, il auroit bien la vanité et présomption de la prétendre que c'estoit chose ridicule (Relation de ce qui s'est passé en l'instruction du procès de MM. Le Grand et De Thou au mois de septembre 1642. (P. 213, Ms. 3779, Fonds fr., Bibl. Nat.)

(25) En ce qui concerne Cinq-Mars, la date de 1620 pour sa naissance doit être basée sur un passage de son interrogatoire du 5 septembre 1642 dans lequel il déclare « estre aagé de 22 ans ou environ ». Cette affirmation a besoin d'être contrôlée. Nous n'en voulons pour preuve que « l'extrait du registre mortuaire de la paroisse Saint-Paul » de l'acte de décès de « Jean Ruzé d'Effiat, conseiller du Roy en ses conseils et d'honneur au Parlement de Toulouze, abbé des Abbayes de S. Sernin et de Nostre-Dame de Trois-Fontaines et prieur de Saint-Eloy de Longjumeau, décédé en son hostel au Château de l'Arsenal âgé de 78 ans le 18e d'octobre de l'an 1698... », conservé dans les Carrés d'Hozier (Bibl. Nat., Ms. fr. 30877). Cet extrait a été délivré le 30 décembre 1733. Jean d'Effiat était le frère cadet de Cinq-Mars : s'il est mort à 78 ans en 1698, il serait né en 1620, par conséquent il faudrait reporter à 1618 environ la date de naissance de Cinq-Mars, date qui corroborerait notre hypothèse.

Nous n'avons pu d'ailleurs réussir à trouver les dates de naissance exactes des enfants du marquis d'Effiat et de Marie de Fourcy. Voici le résultat de nos recherches : L'aîné, Martin Ruzé, marquis d'Effiat, lieutenant du roy en pays d'Auvergne, baptisé le 24 juin 1612 à Saint-Gervais à Paris, marié en 1637 à Elizabeth d'Escoubleau, fille de Charles, marquis d'Alluye, mort fou en 1644 ; il eut un fils, Antoine Coiffier, marquis d'Effiat, premier écuyer de Philippe d'Orléans, qui est accusé (à tort) par Saint-Simon dans ses Mémoires d'avoir empoisonné Henriette d'Angleterre, femme de Monsieur (elle serait morte, en réalité, d'un ulcère à l'estomac, le poison lui aurait été envoyé par le Chevalier de Lorraine que Madame avait fait disgrâcier); Marie Coiffier, baptisée le 23 février 1614, épousa Gaspard d'Alègre, sieur de Beauvoir, duquel elle fut séparée et se remaria à Charles de La Porte, duc de la Meilleraye, pair et maré-

chal de France, grand maître de l'artillerie, morte le 22 avril 1633 ;
Charlotte-Marie Coiffier, religieuse et fondatrice du Monastère des
Filles de la Croix du Faubourg Saint-Antoine à Paris, morte le
14 août 1692 à 78 ans(?) ; Henry Coiffier de Ruzé, marquis de Cinq-
Mars, maître de la garde-robe du Roy en 1637, grand écuyer en 1639,
eut la tête tranchée le 22 septembre 1642 ; Jean ou Charles Coiffier
d'Effiat, l'ami de Ninon de Lenclos, abbé de Saint-Sernin de Toulouse et de Trois-Fontaines, mort le 18 octobre 1698 et enterré le
25 à Longjumeau ; Jeanne Coiffier d'Effiat, qui mourut en bas âge,
sans autre indication.

(26) Ces deux dates sont données par le « Journal inédit d'Arnauld d'Andilly (1614-1620), publié par Mr Achille Halphen, 1857.

(27) Voici sur les origines du conflit entre Louis XIII et le Grand
duc de Toscane la version du Journal d'Arnauld d'Andilly. Elle
confirme en partie le récit de Galluzzi :

« 7 avril 1618. Le Roy fait commander dans le Conseil, et en sa
présence, par Mr le Garde des Sceaux (Mr le chancelier étant
malade) au Résident du duc de Florence qu'il eust à sortir de
Paris, dans vingt-quatre heures, et du Royaume dans dix-huit jours,
sans tenir autre chemin que l'ordinaire, et sans envoyer aucun
courrier en lieu quelconque ; et qu'en attendant qu'il fust hors de
France, il y vescut comme particulier. C'estoit parce qu'il avoit
donné avis et conseillé à Sa Majesté (le duc de Florence), d'entreprendre ainsi qu'il a fait, de faire arrester à Livourne, par forme de
représailles, des vaisseaux françois chargez de marchandises, valant
plus de trois cent mil livres, sous prétexte de ce que les officiers de
Sa Majesté (Louis XIII) ont fait saisir en Provence un petit vaisseau
chargé de la valeur de quatorze ou quinze mil livres de marchandises sujettes à confiscation ; dont, sur la première réquisition du
propriétaire, le Parlement donna main levée par provision, et depuis,
sur le Commandement qu'il receut du Roy, en donna pleine et
entière main levée.
« Le soir Mr le Chevalier du Guet alla trouver le dit Résident,
pour luy dire, qu'il regardast en quelle sorte il s'en voudroit aller,
parce que le Roy lui avoit commandé de luy faire bailler des chevaux.
Il répondit, que puisqu'il n'estoit plus que comme particulier il s'en
iroit seulement avec trois chevaux de poste, sur lesquels il monteroit

le lundy à dix heures du matin. Le Chevalier du Guet luy dit aussi, que le Roy craignant qu'on ne luy fist quelque déplaisir, sur le point de son partement, ou que l'on ne dérobast quelque chose en sa maison, luy avoit commandé de poser un corps de garde devant sa porte, ainsi qu'il fit. Cela fut fait afin d'empescher que l'on ne communiquast avec luy, et pour remarquer ceux qui le viendroyent chercher.

« Nonobstant ce qu'il avoit dit de son départ au Chevalier du Guet, il se dérobba le dimanche au soir, et s'en alla sur des chevaux de louage.

« Le même jour, le Roy signa une grande instruction, qu'il envoya à Mr de Roissy, pour en faire entendre le contenu à la Reyne-Mère, sur le sujet de son retour, et de tout ce qui s'estoit passé en l'affaire de Mr Barbin, pour réponse aux lettres apportées par les sieurs de Villers et de Canteloube.

« La dite instruction portoit aussi de faire sortir, d'auprès de la dite Dame, Luca de Gli Asini confident du dit agent de Florence. Et incontinent après, le Roy commanda à MM. de Luçon, de Riche-lieu et de Pont-Courlay de se retirer en Avignon où ils arrivèrent le... ».

(28) D'après le Journal d'Arnauld d'Andilly, André de Sity n'avait fait que copier un des libelles dus à la collaboration de François de Sity, ancien secrétaire de l'Archevêque de Tours, frère de la Maréchale d'Ancre, et d'Estienne Durand, aussi le premier fut-il pendu et les deux autres roués et leurs libelles brûlés. Voir le passage des Mémoires de Richelieu (note 22 ci-dessus).

(29) Variante du texte donné par M^r Ed. Tricotel dans ses Variétés bibliographiques, 1863 : « *tant en langue italienne que françoise* ».

(30) *Id.* : « *conclusions du Procureur du Roi* ».

(31) *Id.* : « Dit a esté que le Conseil a déclaré *et déclare les dits* « *François et André Sity et Estienne Durand atteints et convaincus* « *du crime de lèze-majesté pour avoir*, par les dits François Sity « et Estienne Durand, composé et écrit... ».

(32) *Id.* : « aux nécessités du dit conseil *et en 200 livres envers la* « *chapelle du dit conseil et a le dit conseil* déclaré le surplus... ».

(33) *Id.* : à la suite : « Reste arrêté que lesdits François Sity et « Durand seront estranglés auparavant de recevoir aucuns coups.

Fait au dit conseil, à Paris, le 19ᵉ jour de Juillet 1618.

Signé : « De Remefort » « Lasnier ».

GÉNÉALOGIE DE LA FAMILLE DE FOURCY

Jean Ier de Fourcy, orfèvre à Paris, est qualifié escuyer Sr de la Corbinière et commissaire ordinaire des guerres dans les preuves faites pour l'ordre de Malte le 2 aoust 1674 par Balthazar Henry de Fourcy dont il fut le trisayeul. Il épousa, selon les mesmes preuves, Marie Le Comte par contrat du 3 Février 1556, sœur de Raoul Le Comte, receveur général à Montpellier, alias trésorier de France en Languedoc, marié avec Louise Boucherat. Elle se remaria à Laurent Bellanger, seigneur de Pommeuse, contrôleur ordinaire des guerres duquel elle étoit veuve en 1587. Deux enfants naquirent de ce second mariage, François et Laurent.

Jean Ier de Fourcy avait eu deux enfants :

A. — Jean II de Fourcy, seigneur de Chessy en Brie et de Monscurain, secrétaire du Roy, reçu le ..... 15.. trésorier de France à Paris pourvu le 14 Février 1588, surintendant des Bâtiments l'an 1602, conseiller d'Etat le 20 Novembre 1605, président en la Chambre des Comptes en 16.. Epousa le 10 May 1587 Renée Moreau, veuve en 1627, sœur de... Moreau femme de Méry de Vic, garde des sceaux de France, et de Renée Moreau, femme de Michel Renouard, secrétaire du Roy l'an 1602, et fille d'Innocent Moreau, conseiller puis lieutenant général à Orléans, et de Nicole du Puis (mariés le 21 octobre 1559), fille de Jean du Puis, lieutenant criminel à Orléans, et d'Henriette Gilou.

B.— Marguerite de Fourcy, femme de Vincent Durand, dont elle eut un enfant, le poète Estienne Durand, contrôleur ordinaire des guerres, né en 1585, roué le 19 juillet 1618.

Jean II de Fourcy (A) eut trois enfants :

C. — Henry I de Fourcy, seigneur de Chessy, de Trianon et d'Espinay, président en la Chambre des Comptes en 1631, surintendant des Bâtiments et conseiller d'Etat en 1629, mort en Août 1638. Il épousa le 19 Septembre 1621 Marie de La Grange-Trianon, morte en Février 1662, fille de Louis de La Grange, seigneur de Trianon, et de Marie de Bailleul, veuve en 1621. Henry I de Fourcy partagea avec ses sœurs la succession de son père le 7 mars 1627.

D. — Marie de Fourcy, mariée le 30 Septembre 1610 avec Antoine Coiffier dit Ruzé, marquis d'Effiat, depuis maréchal de France, chevalier des Ordres du Roy, surintendant des finances, morte veuve le 17 Janvier 1670. Elle eut six enfants, trois fils (dont Cinq-Mars) et trois filles.

E. — Charlotte de Fourcy, femme de Charles Faye, seigneur d'Espesses, maître des Requêtes, conseiller d'Etat, conducteur des ambassadeurs et ambassadeur en Hollande et en Suisse. Elle fit partage avec ses frère et sœur le 7 Mars 1627.

Henry I de Fourcy (C) eut quatre enfants :

F. — Jean III de Fourcy, seigneur de Chessy, né en 1623, conseiller au Grand Conseil le 18 Mars 1644, mort en Octobre 1655. Il fit partage avec ses frère et sœur de la succession de son père en 1638. Jean III avait épousé Marguerite Fleuriau, remariée avec Claude Le Pelletier, ministre d'Etat et contrôleur général des Finances, morte en 1671, fille de Charles Fleuriau, seigneur d'Armenonville, secrétaire du Roy, et de Marguerite ou Marie Lambert de Thorigny, fille de Nicolas Lambert, procureur, et de Marguerite Guillemeau.

G. — Henry II de Fourcy, seigneur de Chessy, de Chalifer, Jabelines et Varennes, vendit sa terre de Chessy le 15 Janvier 1664 à Maurice Le Tellier, abbé de Lagny; conseiller au Chatelet puis reçu conseiller au Parlement le 19 Février 1652, président aux Enquêtes le 19 Novembre 1660, Prévost des marchands le 16 Aoust 1684 jusqu'en 1691, conseiller d'Etat ordinaire en Décembre 1703, mourut à Chessy le 4 Mars 1708. Il avoit épousé : 1° Anne Briquet, morte sans enfants en Octobre 1657, fille d'Etienne Briquet, avocat général au Parlement de Paris, et de..... Bignon; 2° le 23 Février 1659 Madeleine Boucherat, morte le 3 Septembre 1714, fille aînée de Louis Boucherat, maître des Requêtes puis chancelier de France, et de Françoise Marchand, sa première femme.

H. — Marie de Fourcy, mariée le 28 Juillet 1640 avec Olivier Le Fèvre, seigneur d'Ormesson, maître des Requêtes, conseiller d'Etat et intendant en Picardie et des armées du Roy, morte en Août 1685.

I. — Henriette de Fourcy, religieuse au Pont-aux-Dames.

———

Jean III de Fourcy (F) eut une fille :

K. — Marie-Marguerite de Fourcy, mariée le 20 Décembre 1670 avec Balthazar Phelypeaux, marquis de Chasteauneuf et de Tanlay, secrétaire d'Etat, commandeur et greffier des Ordres du Roy. Elle mourut le 11 avril 1711.

———

Henry II de Fourcy (G) eut huit enfants :

L. — Henry Louis de Fourcy, comte de Chessy, reçu conseiller au Parlement en Février 1687, maître des Requêtes en 1689, mort en 1713. Il épousa le 10 Janvier 1691 Jeanne de Villers, fille et héritière de Lazare de Villers, conseiller au Parlement de Bourgogne, et d'Abigaïl Mathieu, elle mourut le 21 Novembre 1727 à 59 ans.

M. — Edmond Jean-Baptiste de Fourcy.

N. — Olivier François de Fourcy, chanoine de l'Eglise de Paris, abbé commandataire de Saint-Ambroise de Bourges, conseiller-clerc au Parlement reçu le 8 Juin 1689, se démit de son office en 1699; mort subitement le 24 Février 1717.

O. — Balthazar Henry de Fourcy, baptisé à Saint-Gervais le 29 Juillet 1689, reçu chevalier de Malte de Minorité par bulle du Grand Maître du 27 Janvier 1671, fit ses preuves le 2 Aoust 1674, admises le 26 Janvier 1675, puis abbé de Saint-Sever au diocèse de Coutances, chanoine de Notre-Dame, abbé commandataire de Saint-Vandrille-en-Caux en 1690 et docteur de Sorbonne, mort le 24 Avril 1754.

P. — Achilles Balthazar de Fourcy, reçu conseiller au Parlement le 25 Février 1699, puis président aux Enquêtes le 14 Mars 1716, mort en 1752 sans postérité. Il épousa en Août 1715 Marie-Thérèse (ou Françoise) Langlois, fille de Pierre Langlois, seigneur de La Fortelle, président de la Chambre des Comptes, et de Marie-Louise Thérèze Humbert, elle mourut le 7 et fut enterrée le 8 Juin 1749.

Q. — Henriette ou Angélique de Fourcy, mariée le 31 Mars 1689 avec Paul de Fieubet, seigneur de Reveillon, conseiller au Parlement puis maître des Requêtes, morte le 6 Janvier 1720.

R. — Madeleine de Fourcy, religieuse au Pont-aux-Dames.

S. — Anne Louise de Fourcy, religieuse au même lieu.

Henry Louis de Fourcy (L) eut deux filles :

T. — Jeanne Henriette Augustine de Fourcy, morte le 17 Décembre 1737, qui épousa en 1714 Jacques de Chastenet, marquis de Puységur et maréchal de France. Elle eut quatre enfants, un fils et trois filles.

U. — Catherine Gabrielle Elizabeth de Fourcy, née le 3 Février 1696, mariée le 11 Avril 1726 à Antoine Hiacinthe de Mainville, maréchal de camp, morte à 46 ans 1/2 le 24 Juillet 1742.

TABLE ALPHABÉTIQUE DES PRINCIPAUX NOMS CITÉS

TABLE DES POÉSIES

MÉDITATIONS

VERS LIMINAIRES

CHANSONS

COMPLAINCTE

DISCOURS

ELÉGIES

STANCES

JOCONDE

Extraict de l'*Arioste.*

ADVENTURE DE SYLVANDRE

MESLANGE

BALLET (VERS DE)

FOLASTRERIE

CHANSONS

DIALOGUE

SATYRE

SONNETS

STANCES

TRADUCTIONS D'OVIDE

TABLE GÉNÉRALE

P. DURAND-LAPIE et F. LACHÈVRE. — **Deux homonymes du XVIIe** **siècle** François Maynard, président au Présidial d'Aurillac, etc., et François Ménard, avocat à la Cour du Parlement de Toulouse et au Présidial de Nîmes. Etude suivie d'une notice bibliographique et de 76 pièces inédites. Paris, Honoré Champion, 9, quai Voltaire, 1899. In-8.

FRÉDÉRIC LACHÈVRE

Bibliographie des recueils collectifs de poésies publiés de 1597 à 1700 donnant : 1° La description et le contenu des recueils; — 2° Les pièces de chaque auteur, précédées d'une notice bio-bibliographique, etc.; — 3° Une table générale des pièces anonymes ou signées d'initiales (titre et premier vers) avec l'indication des noms des auteurs pour celles qui ont pu leur être attribuées; — 4° La reproduction des pièces non relevées par les éditeurs des poètes figurant dans les recueils collectifs; — 5° Une table des noms cités, etc., etc. T. I (1597-1635); T. II (1636-1661); T. III (1662-1700); T. IV, Supplément (additions, corrections, tables générales). Paris, Henri Leclerc, 1901-1905. In-4.

Cet ouvrage a été honoré d'une souscription du Ministère de l'Instruction publique et des Beaux-Arts et a obtenu de l'Académie des Inscriptions et Belles-Lettres une récompense de 2.000 francs (fondation Brunet).

Les Satires de Boileau commentées par lui-même et publiées avec des notes. Commentaire inédit de Pierre Le Verrier avec les corrections autographes de Despréaux. Le Vésinet (Seine-et-Oise), Courménil (Orne), 1906. In-8 (tiré à 250 exemplaires).

La Chronique des Chapons et des Gélinottes du Mans d'Etienne Martin de Pinchesne, imprimée sur le texte du manuscrit de la Bibliothèque Nationale avec une notice et des notes. Frontispice à l'eau-forte gravé par H. Manesse. Paris, Henri Leclerc, 1907. In-8 (tiré à 301 exemplaires).

Le Prince des Libertins du XVIIe siècle, Jacques Vallée, sieur Des Barreaux (1599-1673). Sa vie et ses poésies. Frontispice à l'eau-forte gravé par H. Manesse. Paris, 1907. In-8 (tiré à 301 exemplaires).

La Lune parlante, poème nocturne de Saint-Amant. Paris, Henri Leclerc, 1900. In-8 (tiré à 50 exemplaires).

Un livre perdu et retrouvé. Payot de Linières et C. Jaulnay. Paris, Henri Leclerc, 1903. In-8 (tiré à 50 exemplaires).

Un poëte inconnu du XVIIe siècle. L'édition originale des Poésies du Président de Métivier (Revue biblio-iconographique, 1903).

CET OUVRAGE

A ÉTÉ TIRÉ A 3oı EXEMPLAIRES

(dont un sur peau de vélin)

AUX FRAIS DE

FRÉDÉRIC LACHÈVRE

—

N° 276

IMPRIMERIE DE VAUGIRARD

152, RUE DE VAUGIRARD, PARIS

H.-L. MOTTI, DIR.

www.ingramcontent.com/pod-product-compliance
Lightning Source LLC
Chambersburg PA
CBHW070324030726
47505CB00004B/1079